O SILÊNCIO

Gaspar Hernàndez

O SILÊNCIO

Tradução de
Maria Alzira Brum Lemos

EDITORA RECORD
RIO DE JANEIRO • SÃO PAULO
2011

CIP-Brasil. Catalogação-na-fonte
Sindicato Nacional dos Editores de Livros, RJ

H478s Hernàndez, Gaspar, 1972-
O silêncio / Gaspar Hernàndez; tradução de Maria Alzira Brum Lemos. – Rio de Janeiro: Record, 2011.

Tradução de: El silenci
ISBN 978-85-01-09167-3

1. Romance espanhol. I. Lemos, Maria Alzira Brum, 1959-. II. Título.

11-6806. CDD: 863
CDU: 821.134.2-3

TÍTULO ORIGINAL EM ESPANHOL:
El silenci

Texto revisado segundo o novo Acordo Ortográfico da Língua Portuguesa.

Editoração eletrônica: Ilustrarte Design e Produção Editorial

Direitos exclusivos de publicação em língua portuguesa somente para o Brasil adquiridos pela
EDITORA RECORD LTDA.
Rua Argentina, 171 – Rio de Janeiro, RJ - 20921-380 – Tel.: 2585-2000, que se reserva a propriedade literária desta tradução.

Impresso no Brasil

ISBN 978-85-01-09167-3

Aos meus pais, Paquita e Gaspar.
A Verónica.

A vida é efêmera,
mas seus dias podem ser imortais.
Píndaro

Esta é a noite mais inquietante, porque você está dormindo profundamente, sob o efeito de um sonífero, e tenho que falar com você até que a luz clara e limpa da ilha entre pela janela. Você será minha ouvinte adormecida. Não há perigo de que acorde, o de hoje foi o primeiro sonífero da sua vida, então vou falar em voz alta. Sim, vou tentar fazer aquela voz do rádio, alta e calma, mas por enquanto peço desculpas: estou nervoso. À medida que a noite avance, espero ficar à altura das circunstâncias e conseguir aquela voz com que deveria transmitir, segundo você me disse, uma vibração especial. Pareceu-me, pelo que entendi, que você se referia à vibração que a voz deve ter quando nos dirigimos às plantas — desculpe a comparação —, que com o tempo crescem mais esplendorosas. Esta semana soube que um pesquisador do seu país afirma que as palavras modificam a estrutura molecular da água, ou seja, nossa estrutura molecular, pois somos basicamente água, da mesma forma que as plantas. Você acha que as palavras e as vibrações podem curá-la, e eu respeito isto; mas seu médico poria as mãos na cabeça se soubesse que sua paciente, doente de câncer, pretende se curar desta maneira tão extravagante, e em apenas uma noite. Finalmente esta noite chegou, e minha voz treme.

Sua respiração me surpreende: estava acostumado a ouvir uma respiração precisa, muito sonora, amplificada pelo pescoço, pela glote que forçava durante as aulas para que eu seguisse, como uma pauta, a entrada e a saída do ar. No entanto, sua respiração agora vai e vem, alheia à vontade, e parece utilizar seu corpo, transitando por ele como através de um tubo. Pausas limpas entre a inspiração e a expiração: tento focalizar a atenção nesta pausa breve, no instante fugaz em que a inalação e a exalação confluem, mas meus pensamentos vão em outra direção. Há seis meses você me ensinou que não se pode controlar os pensamentos, que só podemos deixá-los passar, como se fossem nuvens. Explicou isto entre risadas, como sempre; quando rimos somos felizes porque não pensamos. Eu acho, Umiko, que você tem um verdadeiro talento para a felicidade. *Felicidade,* palavra açucarada e pegajosa, mas até os cientistas a utilizam: cientistas da Universidade de Wisconsin concluíram que um biólogo molecular francês de uns 60 anos, que há trinta abandonou a ciência para abraçar o budismo, é "o homem mais feliz do planeta". Há anos pesquisam seu cérebro, submetendo-o a ressonâncias magnéticas de até três horas de duração, conectando nele, se bem me lembro, até 265 sensores para medir os níveis de irritabilidade, raiva, prazer ou satisfação. Depois de comparar os resultados com os de outras centenas de voluntários, o monge budista francês superou todas as previsões: seu cérebro, de grande maleabilidade, tem uma facilidade colossal para afastar os pensamentos negativos e se concentrar nos positivos. Um cérebro treinado, como se fosse um músculo, para suprimir sentimentos que acreditávamos inerentes à condição humana. Tenho certeza, querida Umiko, de que agora mesmo, e apesar da doença, você conseguiria resultados parecidos. Na verdade, quando a conheci, tive a impressão de que, apesar de ser jovem e bonita, você tinha algo de monja budista (mas onde está escrito que as monjas budistas não podem ser atraentes?). Quem ia dizer que seu cérebro tão bem treinado ficaria gravemente doente? Depois da primeira ressonância magnética, o médico lhe informou que sua expectativa de vida era de uns dois meses. Já se passaram sete semanas.

Falo com você com um escrúpulo de pudor, tenho vergonha de olhar para você. Como pode comprovar, sigo seus ensinamentos e me concentro nas sensações que me assaltam. Você também me ensinou a voltar para o presente sempre que minha cabeça fosse para o passado ou para o futuro ou se dedicasse a fazer conjecturas. O presente da sua casinha branca, da janela entreaberta, do som do vento escuro assobiando lá fora, das ondas quebrando nas encostas. O presente do cheiro de incenso, do abajur de papel branco de arroz, da garrafa térmica de chá verde para o caso de o sono me invadir. Quando entrei no quarto você já dormia (tropecei no tatame e você nem se manifestou), e quando eu for embora continuará dormindo profundamente. Chegará um momento em que amanhecerá e ouvirei o barulho de alguma moto voltando do Cabo de Barbaría, a ilha repleta de ciclomotores, e então calçarei os sapatos, irei sem fazer barulho, pegarei o primeiro barco para Ibiza e depois um avião para Barcelona, sonolento, incapaz de distinguir a noite da vigília, porque não terei dormido nem cinco minutos. Não quero nem posso dormir, estou como um médico em seu primeiro dia de trabalho, tenho que cumprir uma tarefa extremamente importante. Sua amiga Pema me advertiu esta tarde: "É um exercício crucial. Está preparado?" Observei-a sem me atrever a dizer nada. Devo ter ficado, mais ou menos, um minuto absorto na janela, meu olhar perdido nas ondas finas do mar; quase cheguei a roer as unhas (eu, que não as roo desde que era pequeno). "Está nervoso, talvez?" Sim, estava nervoso, querida Umiko; estava nervoso e ainda estou; queira ou não, estou submetido a uma grande pressão. "Não se sinta pressionado", disse sua amiga com aquele jeito excêntrico, "mas você deve saber que estamos há uma semana planejando com riqueza de detalhes o exercício-chave desta noite, que você certamente realizará com perfeição. Você é a pessoa ideal. É um especialista da voz. Saberá criar a vibração adequada. Por isto o escolhemos. E por outro motivo pessoal, que agora não vem ao caso." Naquele momento não me atrevi a responder, querida Umiko, que talvez se tratasse de um mal-entendido, que, embora seja verdade que ganho a vida graças à minha voz, também é verdade que sou uma pessoa normal (embora eu não saiba muito bem o que isto possa significar) e que não tenho nada de esotérico, diferentemente dela. Perguntou-me: "Precisa de alguma coisa para sua voz?" "O que quer dizer?" "Se precisa beber alguma coisa quente para a garganta ou fazer algum exercício de preparação." Respondi que não, obrigado; precisava apenas de tempo para organizar as ideias. Mas, como finalmente não pude dispor deste tempo — só tive um instante para preparar alguns dos aspectos que quero enfatizar durante esta noite e madrugada —, sinto lhe dizer, querida Umiko, que terei que organizar as ideias à medida que for falando. Ou seja, vou fazer uma transmissão ao vivo dos meus pensamentos. Terei que explicar a você muitas coisas que já sabe. Espero que não leve isto em conta. Preciso entender, à medida que a noite avança, por que estou aqui, por que você está dormindo profundamente, qual é exatamente o sentido de ficar falando com você por seis ou sete horas. Isto, falar com você, é a primeira parte do exercício. Sobre a segunda parte, que Pema chamou de "ato de fechamento da noite", prefiro não falar nada ainda: estremeço só de pensar.

Não deve fazer muito tempo que você se deitou no futon; antes de entrar fui ao banheiro, notei que a toalha estava molhada e que as velas em volta da banheira estavam mornas, velas que dão ao banheiro um ar monástico, apesar do cheiro de limão e do verde da cera. Parece que o cheiro de limão estimula o equilíbrio físico e mental e que o verde corresponde ao quarto chacra, o do coração, o órgão que marca o ritmo da vida e o único que não contrai câncer. As paredes brancas e nuas da casa têm um ar de austeridade provisória. O mesmo acontece as manchas de corrosão no mercúrio do espelho do hall, os utensílios de cozinha amarrados com cordas em uma escada, ou a chaminé ao lado de uma vassoura condenada a ter uma existência sombria, porque você deve admitir que é difícil — me dói dizer isto — que você chegue até o inverno. Apesar de tudo, à primeira vista você não parece uma doente de câncer desenganada. A palavra "desenganada" soa horrível, mas é assim que os médicos dizem (sim, sei que os médicos não são garantia de nada); ou não, estou enganado, eles se referem a você como doente terminal. Se o seu médico de Ibiza a visse agora talvez duvidasse do diagnóstico; para ele só contam as ressonâncias magnéticas. Continuo constrangido ao observá-la, querida Umiko. Que coisa mais engraçada, eu sentado, olhando para você de soslaio. Sim, somos amigos, mas nunca tínhamos ficado sozinhos em um quarto, muito menos à noite, e muito menos na sua casa enquanto você dorme. De fato, nossa amizade sempre manteve certa distância, uma distância elegante e sóbria, de contenção nos gestos e nas palavras, de respeito pelo espaço e pelo tempo do outro, não sei se por suas raízes japonesas, ou porque começamos sendo professora e aluno. Embora isto tenha sido há seis meses, tampouco se pode dizer que a nossa amizade seja consolidada, ou talvez nem se possa chamar de amizade, uma vez que depois do curso só nos vimos duas vezes em Barcelona, quando saímos para almoçar e tomar um chá e acabamos falando das minhas práticas meditativas, da postura do lótus que continua me torturando se a mantenho por horas; são muitos anos acostumado à cadeira. Aliás, esta cadeira está muito confortável; imagino que você queria que eu começasse falando daqui. Não me é estranho falar para uma ouvinte que não está me vendo, afinal ganho a vida mais ou menos assim, no entanto me custa aceitar que você esteja dormindo e eu esteja invadindo sua intimidade, mesmo que seja com seu consentimento. E, sobretudo, me custa aceitar que seu cérebro tão bem treinado tenha adoecido gravemente; sinto pena, sinto-a literalmente no peito, em forma de opressão. Vou desviar a atenção, me concentrarei em outra coisa, no cheiro de incenso. Esse cheiro forte já começa a saturar o ar do cômodo (felizmente a janela está entreaberta). Incenso Nag Champa, fabricado em Bangalore, um clássico. Nag Champa, você me contou, é o nome de uma árvore tropical asiática, com uma flor alaranjada e uma pétala na parte de cima que parece a crista de uma cobra. Você via esta flor no Japão toda manhã ao despertar, durante o retiro de um ano e meio que fez naquele mosteiro zen antes de chegar a Formentera. Deveria vencer o pudor e se observar. É um escrúpulo de pudor semelhante ao que tive esta manhã na praia, quando estava fazendo hora para me encontrar com sua amiga Pema, embora naquela altura ainda não sabia que se chamava Pema, nem que viria no seu lugar para dar as instruções para esta noite, junto com o diário de capa preta do qual lerei alguns trechos durante a noite. Bem, naquele momento eu me sentia relaxado na praia, frente à incerteza. A viagem foi muito agradável, com o céu baixo, a chuva, o repicar das gotas na madeira do barco, as pequenas bolhas na água. Ali não chovia, do barco se avistava a ilha sob um céu azul-claro, com as moitas, as *aulagas* e as sabinas de casca cinzenta sobre as colinas pedregosas (que ilha mais árida e rochosa!). Estou me desviando do escrúpulo de pudor: estava deitado na areia, sozinho, meio adormecido pelo ar pesado, lendo o livro das meditações de Tulku Thondup que queria lhe dar de presente, quando apareceu uma garota. Estava lendo que, segundo Thondup, quando adoecemos, temos que observar mentalmente nossa testa, entre as sobrancelhas, e nos fixar em uma célula de luz entre milhares de milhões, e então, com a imaginação, penetrar nesta célula como se entrássemos no nosso quarto, percorrê-la e perceber que não apenas é tão imensa quanto o espaço exterior, como também está cheia de energias curativas — estava lendo este trecho do livro de Thondup quando chegou uma garota e começou a se despir. Thondup, aliás, escreve que o doente não deve ficar obcecado com as expectativas sobre o que teria que acontecer na meditação, que o fato de se aferrar aos resultados acaba virando um torniquete que bloqueia as energias físicas e mentais, de modo que, se estivermos doentes e utilizarmos a meditação para nos curar, não devemos nos impor limites mentais de tempo, como, por exemplo, pensar "eu teria que me curar nesta ou naquela data". Ao contrário do que você pretende, Umiko. Você quer se curar nesta noite. Embora, é claro, haja uma nuance inteligente em suas intenções: você não acha que a cura esteja inteiramente em suas mãos, coisa que a estressaria, nem pensa que nada depende de você, o que a mergulharia na impotência. A garota que chegou a poucos metros de onde eu estava deixou suas coisas e o capacete na areia, jogou os chinelos para cima, se desfez da camiseta, da parte de cima do biquíni e das calças verde-militar, que foi tirando com parcimônia. Então, vendo a morosidade sinuosa com que ia mostrando suas formas bem-feitas, tirou também a parte de baixo do biquíni, deixando entrever a tatuagem de um peixe na virilha. Naquele momento me perguntei se era moralmente lícito observar aquele striptease involuntário, e senti pudor, como agora. A garota devia ter consciência de que meus olhos ociosos podiam estar observando-a (entre Thondup e a garota, os olhos ficaram com a garota); por mais que em Formentera o nudismo seja comum, aquela não era uma praia nudista. Em seguida devolvi o olhar ao mar, como esperando algum tipo de orientação. Mas depois do recente golpe do vento do leste, o mar estava liso, impavidamente azul, de uma indiferença total. Quando entrei no quarto, ao vê-la assim, minha memória emocional evocou a sensação desta manhã. Custei a entender. Não me surpreendeu que dormisse de bruços, com os lábios entreabertos, um braço apoiado no travesseiro, em uma postura risonha, a mesma que deve adotar na praia tomando sol, com a axila descoberta, bem depilada, embora nesta ilha continuem na moda as axilas ao natural, provavelmente porque ainda restam muitos neo-hippies que vieram do outro lado do mundo para se reencontrar (ou talvez você não esteja com a axila bem depilada, talvez não tenha pelos). Seja como for, você dorme totalmente nua. Você não tem nenhum tipo de pudor — é claro que no seu estado a última coisa que se deve ter é pudor — na hora de mostrar o corpo firme, a pele branca, de uma brancura de leite condensado, e uns seios de doce turgidez que a qualquer espectador casual pareceriam atraentes. De certo modo, sou um espectador casual. Quando quis lhe cobrir, não encontrei nenhum lençol em todo o quarto.

Quanto ao seu propósito, gostaria que soubesse que vim sem o ceticismo que me invadia há uma semana. Vim convencido de que poderia ajudá-la (sinceramente, pensava que estaria acordada e que a ajuda consistiria em ler para você algum texto como o de Thondup ou, no máximo, recitar algum mantra), mas então vi Pema, fomos à casa dela, ela contou-me exatamente o que eu teria que fazer, e de novo as dúvidas me assaltaram, especialmente quando me relatou, envergonhada, a segunda parte do exercício, a que teria que executar de madrugada, o chamado "ato de fechamento". Afinal, a primeira parte, a que já começamos — falar e falar —, não é nada do outro mundo. Se descontarmos, é obvio, que você está dormindo e nua. Pois bem, eu dizia que vim à ilha com menos ceticismo do que há uma semana, porque nos últimos dias fiz uma modesta investigação jornalística que me demonstrou que somos analfabetos no que se refere às possibilidades de autocura. Quando, no fim de semana passado, li seu primeiro e-mail — uma mensagem sóbria, bem escrita, sem os sinais de exclamação obrigatórios na internet (é admirável que em apenas dois anos vivendo aqui você domine nosso idioma para escrever este e-mail), na qual me informava sobre o diagnóstico fatal e dizia que estava razoavelmente bem, realizando um "trabalho pessoal"—, quando li este e-mail, enquanto experimentava indignação e tristeza e uma sensação de injustiça — em um canto do inconsciente temos gravado que a vida tem que ser justa, que uma garota de 28 anos não pode adoecer nem morrer —, a primeira coisa que decidi foi que pesquisaria sobre a doença e suas intenções. Deformação profissional, suponho. Com relação à doença, o câncer chamado glioblastoma multiforme, verifiquei que é o tumor cerebral primário mais comum e que a perspectiva dos doentes é deprimente: à medida que a morte se aproxima deixam de ver, de ouvir, de andar, de controlar os esfíncteres. Algum efeito deve ter seu "trabalho pessoal", porque até agora você apenas — é uma forma de falar — teve enjoos e dores de cabeça. Nesta semana descobri que há muitos doentes como você que também não se resignam: quando os médicos afirmam que viverão no máximo alguns meses, que a única coisa que podem lhes oferecer é melhorar a qualidade do seu dia a dia, os enfermos procuram soluções alternativas à medicina tradicional. O resultado costuma ser desolador: o tumor continua a crescer.

Há uma semana eu falava de acasos, agora falo de sincronias. Acontece que três ou quatro meses atrás meu tio, de 67 anos, um homem culto, com uma biblioteca de 15 mil volumes em castelhano, catalão, francês, inglês, italiano e alemão, línguas que domina à perfeição, de repente caiu no chão, e quando recuperou os sentidos, à medida que tentava falar ou ler, ia se dando conta de que ficou sem uma parte de sua prodigiosa memória. A causa: um tumor cerebral. Em algum momento da minha consternação achei que era lógico que seu cérebro tivesse adoecido, depois de enchê-lo com tantos conceitos. No que se refere ao câncer, a única coisa que eu sabia era pelo escritor Baltasar Porcel, que sofreu um linfoma e, como ele declarava, o tinha vencido. Um neurocirurgião do hospital Clínic de Barcelona serrou seu crânio. "O linfoma estava grudado no lado direito da moleira", me contou, "e o limparam." Em poucos meses, Porcel, com uma cicatriz e uma sobrancelha muito elevada como únicas sequelas, recebia todo tipo de homenagens, condecoraram-no com a medalha de ouro da Prefeitura de Barcelona, realizaram simpósios em sua homenagem na Catalunha e em Maiorca, e os mesmos políticos que em outros tempos o criticavam e inclusive questionavam seus gastos em táxis quando dirigia o Institut Català de la Mediterrània, agora não apenas o convidavam para fechar a feira do livro de Frankfurt em nome do país, como também potencializavam sua candidatura ao Nobel. Lembro-me da última noite em que o vi antes de diagnosticarem o câncer. Jantávamos com uns amigos, e ele havia explicado que fazia alguns dias que não estava enxergando muito bem (o oftalmologista havia garantido que não era nada relacionado com a vista, e dentro de alguns dias tinha hora marcada com o neurologista). Porcel, a quem eu sempre tinha visto comer e falar ao mesmo tempo com uma fúria incontrolável, como se em seu interior ocorresse algum fenômeno biológico que o nutria de ideias, agora mastigava o salmão com batatas sem ânimo, com a parcimônia de um ruminante.

Quando soube que meu tio estava doente — em meio a exames e mais exames, os médicos de hoje querem se garantir, sem levar em conta a saúde emocional do paciente —, liguei para ele. Fez um breve relato da queda, mas em seguida mudou de assunto, como se considerasse falta de educação falar de si mesmo. Com voz jovial, contou que tinha visto uma foto minha ao lado de um artigo em um dos jornais em que colaboro, uma foto nova, em que eu aparecia de chapéu (um chapéu de palha). No verão passado, percorri algumas ilhas do Mediterrâneo com Carlota, ela tirou fotos simpáticas, e na volta achei que ficaria bem sair no jornal de chapéu: assim talvez alguém o lerá, comentou ela. Meu tio é um especialista em chapéus, e sempre os usa. "Adorei que me imitasse. Então comprei um para lhe dar de presente quando nos virmos." Depois de alguns dias fui visitá-lo no hospital Josep Trota de Girona, com o diagnóstico de tumor confirmado e os médicos hesitando entre mandá-lo ou não para o Clínic de Barcelona para que o operassem (o médico que daria o veredicto estava em Nova York, viajando; todos esperavam que retornasse, enquanto o tumor não parava de crescer). Assim que me viu, aquele homem, que é o mais próximo de um gentleman inglês que já conheci, um homem que não só lia muito, mas também muito viajado, bom gourmet, economista, assessor de grandes bancos e, sobretudo, um homem contido na expressão de seus afetos, me abraçou e começou a chorar. "Estou perdendo a memória", lamentou-se, enxugando as lágrimas com um lenço que tinha suas iniciais bordadas. E acrescentou: "Acho que perdi uns cinco anos de memória." Em nada se parecia com um doente de Alzheimer: reconhecia perfeitamente os rostos. Mas não se lembrava de que nos últimos anos sua filha tinha aberto um restaurante com sucesso e que seu filho se formara em dois cursos, o que o alegrou bastante quando soube, de novo, no dia anterior. Falei, para contagiá-lo com otimismo: "Sorte que você tem estes filhos maravilhosos que chegarão onde sua memória não alcança." Em outro momento também disse, para encerrar de vez com o assunto, que em parte perder um pouco de memória era uma sorte (certamente exagerei): "Então, como escreveu um filósofo de cujo nome não me lembro, você será um viajante com menos bagagem." Ele riu e comentou que se ocuparia de preencher aqueles cinco anos de vazio a partir das fotos e dos papéis que fosse recolhendo pela casa. No dia anterior, com Jordi, seu filho, se dedicou a declinar os nomes dos personagens de *A montanha mágica*, e qual não foi sua alegria ao constatar que se lembrava de todos. Naquela mesma tarde, depois que lhe fizessem uma nova ressonância magnética, releria Mark Twain em inglês. Estava nervoso, transbordava aquela energia típica dos doentes parecida com ilusão, uma ilusão parecida com esperança. Dava para notar a pulsação latejando sob sua pele. Usava um avental branco que deixava as costas descobertas e a cueca à vista, como se os pacientes do hospital não tivessem direito à intimidade. Durante o tempo em que estivemos no quarto, com ele e com meu pai, seu irmão, que dissimulava como podia os olhos lacrimosos, assaltou-me a dúvida sobre o alcance real de suas lesões: se realmente tinha afetado um período de cinco anos de memória, como ele dizia, ou se era mais. Achava estranho que o cérebro pudesse ser tão preciso na hora de apagar as lembranças, obscuras como os sonhos, e realizar um corte exato na fronteira dos cinco anos. Por isto hesitei seriamente entre falar ou não sobre o chapéu, o chapéu que ele tinha comprado para me dar de presente, temia que não se lembrasse de sua promessa, uma promessa que tinha feito havia apenas dez dias, um momento recente que teoricamente sua memória não deveria ter apagado. Finalmente optei por lançar a pergunta de maneira ambígua:

— Algum dia vai me dar um de presente? — perguntei-lhe, apontando para o seu chapéu de feltro de Verona pendurado na cadeira.

— É claro! Em casa tenho os que você quiser. — Ficou olhando por alguns instantes e em seguida acrescentou, muito sério: — Alguma vez você já usou chapéu?

Quando recebi seu e-mail, Umiko, soube que faria tudo o que estivesse ao meu alcance para ajudá-la (embora tivesse ajudado da mesma maneira sem a doença do meu tio). Não preciso dizer que seu e-mail me deixou gelado. Tinham diagnosticado o seu tumor depois de fortes vertigens que, no início, o clínico geral atribuiu ao ouvido ou às cervicais e seu acupunturista à angústia, mas assim que soube do diagnóstico fatal, depois de solicitar uma segunda opinião médica — a daquele médico de Ibiza que chegou a dizer que, se muito, lhe restavam dois meses —, você se virou por conta própria, recorrendo a um tipo de medicina que com muita dificuldade pode ser qualificada como alternativa. Quanto à expectativa de vida "feita por um médico irresponsável", não queria considerá-la, me disse, porque se o fizesse era certo que a profecia se cumpriria. Pois aqui lhe trago um recorte de imprensa, fruto da minha modesta investigação jornalística, com um caso que será do seu interesse. Queria lhe dar isto em mãos, junto com os outros recortes da pasta; quando for embora, os deixarei ao lado do futon. Antes, vou ler alguns trechos. Como já comentei esta tarde, na casa de Pema, preparei um pouco o que queria lhe dizer, como se tivesse que fazer um programa de rádio de seis ou sete horas — pouca coisa, só trago algumas anotações —, porque o melhor improviso é o preparado. O recorte informa sobre o caso protagonizado por um médico de Nashville chamado Clifton Meador, que em 1974 tratou um paciente, um vendedor de sapatos aposentado, que tinha câncer de esôfago, apesar de saber, como todos os próximos ao doente, que a cura era impossível (naquela época o câncer de esôfago era considerado fatal). Consequentemente, ninguém se surpreendeu quando, algumas semanas depois, o vendedor de sapatos aposentado morreu. Contudo, a surpresa chegou durante a necropsia: praticamente não foram encontrados vestígios de câncer. Somente algumas leves manchas, insuficientes para lhe causar a morte. Alguns anos depois, o Dr. Meador declarou na televisão, em uma reportagem sobre o caso: "Está claro que ele não morreu de câncer", e se perguntava, em um tom de claro arrependimento: "De que morreu? Morreu porque achava que ia morrer? Eu achava que ele tinha câncer. Ele achava que tinha câncer. Todos ao seu redor achavam que ele tinha câncer. Roubei de algum modo a sua esperança?" Como eu lhe dizia, Umiko, encontrei muitos casos de doentes que pensam como você e que não se resignam diante da expectativa de vida anunciada pelos médicos (embora não costumem chamá-los de irresponsáveis, como você fez). Lembro-me de que no e-mail você acrescentava que vivemos uma média de setenta ou oitenta anos porque isto é o que repetimos para nós mesmos a vida toda e o que nos diz a sociedade, a esperança de vida que flutua no inconsciente coletivo, "mas se a gente mesmo se diz — porque a sociedade lhe diz, ou o médico em nome dela — que restam dois meses de vida, isto é o que você vai viver". Continuava com sua crítica severa aos médicos: lamentava que não se atrevessem a proclamar que a mente e o corpo são a mesma coisa. A medicina atual, afirmava, só acredita na energia da pessoa quando esta se manifesta no corpo físico, como uma doença. No entanto, a física quântica, a biomatemática e a tecnologia, através das imagens cerebrais, da percepção dos neurotransmissores, demonstram — tenho isto bem anotado — que no mundo da energia subatômica mente e corpo são a mesma coisa, a mesma vibração. "Uma vibração que nós podemos alterar ou harmonizar." No e-mail seguinte tive a impressão de entender que eu podia ajudá-la, por meio da voz, a harmonizar esta vibração. As palavras são curativas, disse; a voz é energia. E eu, que ganho a vida falando, e que além disto tenho conhecimentos de meditação — graças a você; nunca agradecerei o suficiente por isto —, podia ajudá-la no seu trabalho pessoal. E é isto que estou fazendo, falar como se estivesse meditando, prestando atenção a todas e a cada uma das palavras. Embora por enquanto, para ser sincero, além de lhe contar coisas que já sabe, mas que preciso dizer a fim de colocar as ideias em ordem, não tenho a sensação de estar ajudando.

Este negócio de harmonizar as vibrações lembra um curso de introdução ao chi-kung que fiz há alguns anos na Casa da Ásia, em uma manhã muito fria de janeiro, incentivado por uma namorada um tanto new age, como você. Do curso não me surpreenderam as posturas ondulantes que fizemos, os ombros retos, os pés paralelos como trilhos de trem, e, no final, uma perna levantada como a de um louva-a-deus enquanto movíamos os braços como se nadássemos (eu tinha visto aquelas posturas em fotos e vídeos: centenas de vovôs chineses na primeira hora da manhã em um gramado e perto das árvores, mantendo uma tradição que se conservou, apesar da repressão, mas que agora estava se perdendo por causa da ocidentalização das novas gerações). Espantou-me que, apesar das mangas curtas, do short e da temperatura abaixo de zero, não passei frio. E isto porque, durante quase meia hora, antes de colocar as pernas como um louva-a-deus, não me mexi nem um milímetro. O chi, a energia básica, circulava pelo meu corpo exatamente como eu queria — exatamente como a professora queria — e me esquentava. Aprendi que o chi é a energia mais pura que percorre o corpo e permite o dinamismo de todo ser vivo (na nossa língua não apenas não há tradução para esta palavra, que sequer existe, como nem sequer existe o conceito). Deduzi do seu e-mail que você tentaria modular esta energia ou vibração. Por meio da meditação — e da minha ajuda, nesta noite; quanta responsabilidade — tentaria harmonizar as energias emocionais, mentais e físicas. O chi circulando pelos meridianos, sem bloqueios. Se entendi bem, além da sua dieta vegetariana rica em cereais integrais, legumes, frutas, verduras frescas e orgânicas, além de tomar suplementos antioxidantes que reforçam o sistema imunológico, como própolis, cogumelo shiitake e unha-de-gato, além de respirar o ar puro da ilha, fazer exercícios moderados e encher os chacras de luz solar, você intensificou as meditações para que o chi circule novamente com fluidez. Mas agora acompanha a meditação com visualizações. Por meio delas pretende transmitir às suas células "imagens coloridas emocionalmente": inspirando-se na cor verde da tarde esverdeada, "um buda capaz de eliminar obstáculos e doenças" provoca a visualização de um raio de luz que entra pela sua cabeça em direção ao cérebro, à região do tumor perfeitamente identificada, e este raio verde imaginário — embora o veja como se fosse real — vai queimando ou derretendo o tumor. Você gosta mais de pensar que o derrete, por não querer ver o câncer como um inimigo que precisa combater, e sim como uma máscara que esconde temporariamente a saúde, algumas células que estão em desarmonia. "Sei que você achará uma loucura", dizia no e-mail, "mas o propósito do meu trabalho é conseguir me curar. O que os médicos chamam de remissão espontânea."

Não achei loucura. Achei impossível. Apesar de tudo, quando terminei de ler, a primeira coisa que pensei foi: não julgue. Faça o que você faz no rádio com os ouvintes ou os convidados que lhe contam teorias extravagantes, ou seja, não julgar. Só ouvir e acompanhar. Acompanhar para chegar lá aonde o ouvinte quer chegar e, no caso de um entrevistado, para chegar lá aonde você quer chegar, sutilmente, conseguindo que o outro vá se abrindo pouco a pouco, sem agir como um promotor ou um juiz. Seis meses atrás você tinha me ensinado que enquanto ouvimos nossa voz interior vamos julgando, fazendo comentários, comparando com o que já vivemos, de modo que nosso pensamento se transforma em uma câmara cheia de ar viciado, um ar respirado e tornado a respirar: estamos diante de uma pessoa e não vemos a pessoa, mas sim o que pensamos sobre ela. Não julgue, pensei. Umiko está passando por um momento difícil, certamente a pior situação pela qual um ser humano pode passar — depois da perda de um filho —, ou seja, ter seu prazo de validade fixado — embora todos nós tenhamos —, e você no lugar dela faria a mesma coisa, não jogaria a toalha e provavelmente se autoiludiria imaginando que poderia se curar. Além disso, havia a questão dos manuais de autoajuda. Nunca lhe disse isto por respeito, quando vi todos aqueles livros ocupando algumas estantes do seu escritório, e porque no Japão, antes de se enclausurar no mosteiro zen, você ganhava a vida traduzindo-os do inglês, aproveitando que começavam a estar na moda lá — nunca lhe disse isto, mas eu sentia uma grande desconfiança dos manuais de autoajuda. Provocavam-me urticária os grandes títulos e os argumentos minúsculos, o tom solene e o vazio espiritual, as respostas pré-fabricadas a modo de ideologias. Pessoas demasiadamente convencidas de alguma coisa sempre me assustaram. E ainda assim, passei a última semana lendo manuais de autoajuda, para ajudá-la, e também por curiosidade ou deformação profissional, o que deve ser a mesma coisa. O motor de minha investigação jornalística — da qual agora vou lhe falar, mas só vou contar o mais interessante (para não aparentar ser um roteirista de seriado, embora irremediavelmente em algum momento vou me parecer com um) — foi uma pergunta que nunca teria me passado pela cabeça expor no rádio porque teria irritado a mais que conservadora comunidade médica, e esta teria me acusado de divulgar teorias carentes de fundamento científico. Sempre que entrevisto oncologistas, depois de esclarecerem os assuntos obrigatórios, como a importância das mamografias ou o uso terapêutico da maconha, chega um momento em que pergunto qual é a melhor atitude para se ter ao enfrentar um câncer, e todos respondem que "uma atitude positiva ajuda" e pronto, calam-se, deixando um silêncio denso e rançoso à espera da próxima pergunta. Depois, com o microfone desligado, costumam reconhecer que se calaram por cautela, porque nem eles mesmos nem eu podemos transmitir a ideia "falsa" de que se a gente se autoilude vai se curar. A pergunta que ronda minha cabeça — quando a fiz a você, me respondeu que era isto o que se propunha —, a pergunta que tem um não sei quê de anúncio de página inteira de revista esotérica é a seguinte: um doente pode se curar com a mente?

Se a minha mulher soubesse que estou falando com você enquanto dorme, diria que perdi o juízo. Se soubesse que, além disto, você está nua, temo que não aceitaria muito bem. A doença é um lugar à parte, nunca sabemos o que é justificável em nome da saúde e o que não é. Carlota só sabe que hoje estou falando com você, fazendo algo como um programa de rádio para uma única ouvinte (de fato, isto é o que eu pensava antes de falar com Pema; acho que já lhe disse). Carlota deve imaginar que estamos tomando um chá lá embaixo, na sala onde você dá aulas de meditação e que, como o resto da casa, mal registrou sua presença suave. Carlota certamente imagina que estou falando há horas, seu olhar perdido na janela e na luz voluptuosa do mar, até os perfis dos objetos se tornarem confusos, cinzentos, e resolvermos encerrar a conversa. Não imagina que você está dormindo, que por enquanto quase não se mexeu, e que eu estou sentado em uma cadeira elaborando um monólogo para o seu inconsciente. Pema disse que no fundo eu falaria com o seu inconsciente; eu gostaria de saber se você capta o que eu falo ou a maneira como falo, a música, digamos. Segundo Pema, os rituais são a melhor forma de se conectar com o inconsciente, e por isto propôs um ritual dividido em duas partes. Agora estou realizando a primeira, e bem no final da noite ou já de madrugada deveria executar a segunda, o maldito ato de fechamento: adianto que não gosto nada disto.

Por enquanto vou falando, trêmulo, como um participante não iniciado em uma cerimônia. Acho estranho não olhá-la nos olhos: quando a conheci há seis meses, naquele teatro de Sant Francesc que usam tanto como cinema quanto como sala de conferências, maravilhou-me seu olhar absorvente. Eram olhos limpos e divertidos, literalmente cravados em mim durante toda a palestra. Das 10 ou 12 pessoas do público, você foi quem me ouviu com mais atenção. Agora sei que isto se chama atenção consciente: ouvir com todos os sentidos, o diálogo interior silenciado, sem fazer associações de ideias enquanto o outro fala. Vocês que praticam meditação durante anos têm muita energia disponível para olhar. Usava um vestido vermelho e umas sandálias brancas que colocava e tirava, como se estivesse massageando os dedos dos pés. Quando depois da palestra veio me cumprimentar, seus olhos me observavam com uma fixidez eufórica, consumidos pelo prazer do momento. Você vai achar engraçado o que pensei: esta garota fumou um baseado. Também pensei que você tinha cara de monja budista, no sentido de que suas feições pálidas e finas não mostravam tensão, como se os músculos faciais da quietude, muito desenvolvidos, tivessem impedido não apenas a formação de rugas na pele, mas também das expressões involuntárias que ficam gravadas no rosto e que são o resumo das atitudes com que nos confrontamos a vida. Seu rosto informava ao interlocutor que a atitude predominante havia sido a serenidade, se é que esta é uma atitude. O apresentador da cerimônia, ao meu lado, olhava-a de cima a baixo. Não sei se você concorda comigo em que hoje em dia os olhares dos homens são neutros, desprovidos de aventura e de imponderáveis até que detectem uma mulher bonita, momento em que passam a ser descarados. Eu, é claro, também sou homem, e, embora às vezes enfrente situações difíceis, tento adestrar o olhar. Nesta manhã olhei para a garota da praia protegido atrás do livro — ou seja, banquei o bobo —, e até há poucos instantes estava olhando para você de soslaio. Estava dizendo que você veio me cumprimentar, mas não comentou nada sobre a palestra — não, não estava dizendo isto; digo agora —, uma conferência que não foi insatisfatória, apesar do meu acanhamento ao falar em público (quero dizer, diante de olhos que me perscrutam), e apesar do tema, a atualidade, ou, melhor dizendo, a sensação crescente de que a atualidade não se liga com a vida. Isto com que os jornalistas saturam o ambiente e nós retransmitimos de maneira febril e com todos os detalhes inconsistentes, acompanhados do papo-furado de analistas e comunicadores sem nada para comunicar, tem muito pouco a ver com a vida. A realidade só interessa se entretém, falei; é preciso recuperá-la, resgatá-la da lata de lixo. Houve aplausos, alguns ouvintes se aproximaram para me cumprimentar. Você me disse com seu sotaque ululante: "Durmo com você toda noite." Confesso que tempos atrás, quando alguém me dizia que toda noite ia para a cama comigo, não sabia como reagir. Não sabia se tomava como um elogio ou uma crítica à minha voz talvez soporífera. Apesar de tudo, com os anos fui constatando que quase todas as que me diziam isto eram mulheres, e que o diziam com um sorriso perverso nos lábios e o marido ao lado. "Fico feliz por ser chato e lhe dar sono", respondi, e rimos. Você disse que o que mais gostava não era o programa em si, que não lhe interessavam os temas que abordávamos. Uma garota sincera, pensei. "No Japão não costumamos falar de política." E eu lhe respondi: "Sinal de que o país funciona." Você gostava das pausas que eu deixava no ar, entre as frases, e algumas vezes entre as palavras. Antes de nos despedirmos, me disse: "Saiba que durante os silêncios que mantém, talvez sem ser consciente, é muito provável que esteja meditando." Era professora de meditação, e, quando eu quisesse, estava convidado para um curso intensivo.

Foi assim que, graças a você, comecei a meditar. Foi assim que tentei ir além do pensamento, transcendê-lo. Foi assim que descobri que meditar não é uma experiência à parte, e que não tem nada a ver com a origem da palavra em latim, no sentido de refletir sobre alguma coisa. Meditar é uma forma de perceber a realidade de modo diferente do que estamos acostumados a fazer, conforme o que aprendi com você, Umiko, e o que fui estudando depois: vamos pela vida pensando a realidade e observando aquilo que pensamos dela. A partir do Iluminismo fomos hipertrofiando nossas mentes, carregando-as de ideias, palavras e conceitos: viajamos a uma cidade e não a vemos, e sim tudo o que lemos e fantasiamos sobre ela. Falamos com alguém e não percebemos a pessoa, mas nosso monólogo interior que vai julgando esta pessoa (mas eu já falei isto, e além do mais, você está cansada de saber). Quando, no dia seguinte, expliquei a Carlota o convite de quem àquela altura era uma desconhecida, uma japonesa que há dois anos vivia na ilha, minha mulher esboçou um meio sorriso, perguntou-se retoricamente que diabos fazia uma japonesa em Formentera, e me disse com ironia dissimulada: "Seja como for, suas ouvintes não sabem mais como se atirar em você." Que você não entenda mal; Carlota acha que suscito nas outras mulheres o mesmo interesse que nela, e não há nada mais longe da realidade. Além disso, rádio não é televisão, as pessoas não se atiram em você, embora se estabeleça um vínculo entre o ouvinte e o locutor. Depois de ouvida noite após noite, provavelmente na cama, a voz deve forçosamente causar algum efeito em quem a ouve, ainda mais quando transmite, como se diz, a essência da pessoa — ou, segundo alguém afirmou, a alma —, e mais ainda quando o tom é noturno, um sussurro ao ouvido. Felizmente eu não era famoso, embora recebesse alguns e-mails de admiradoras: de vez em quando alguma ouvinte queria me conhecer, alguma exagerada declarava não poder dormir se não ouvisse o meu programa, e até aconteceu de uma mulher afirmar que se masturbava enquanto me ouvia. Também recebi o e-mail de uma vovó supostamente milionária, escrito por sua secretária, no qual anunciava que, se eu concordasse, me faria herdeiro de sua fortuna porque minha voz lhe passava "confiança". Recusei amavelmente a oferta, alegando que nem eu mesmo confiava na minha voz. Estas demonstrações de carinho tinham pouco a ver comigo, e muito com a fantasia das ouvintes. No entanto, disse a Carlota, esta garota chamada Umiko não vai tão longe; convida-me para fazer um curso intensivo de meditação, da mesma forma que algumas prefeituras me convidam para as suas festas ou para a l'Aplec del Caragol. Finalmente aceitei sua oferta: tinha vontade de me aprofundar na paz que havia experimentado nos silêncios do rádio. Viajaria dentro de algumas semanas, aproveitando um feriado prolongado de quatro dias no qual minha mulher iria para Rossellón em excursão com seus alunos. No primeiro dia do curso, ao entardecer, liguei para Carlota da pousada para resumir como tinha sido minha estreia como meditador. Quando contei que no dia seguinte continuaríamos a meditação sozinhos, a professora Umiko e eu, porque o restante dos alunos vivia em Formentera e não tinha sentido para eles fazer um curso intensivo podendo ir toda semana — voltariam no sábado seguinte e no outro —, minha mulher respondeu: "Retifico. Suas ouvintes sabem sim como se atirar em você."

A cura através da mente. Tomara que minhas anotações lhe deem coragem. Comecei a pesquisar na internet, mas em seguida desliguei o computador porque aquilo era um verdadeiro circo, um quem dá mais: internautas garantindo que já existe cura para o câncer mas que não interessa aos políticos nem às indústrias farmacêuticas divulgá-la; muitos blogs sobre a origem cármica do câncer, segundo a qual o próprio espírito encarna em um corpo predisposto a ter a doença para aprender as lições pendentes (não me estranharia que os monges do mosteiro zen onde você esteve acreditem nisso); páginas na web que asseguram que todos os cânceres provêm de um parasita que se aloja nos intestinos e que se pode matar com um aparelho elétrico que vendem por reembolso; e supostos terapeutas que receitam tratamentos de veneno de cobra ou escorpião azul, que recomendam tomar sol pelado, e o remédio "infalível" de beber a própria urina. Levantei-me da mesa com a sensação de que a internet é um balcão de bar às 2 horas da manhã com alto nível de embriaguez. Percorri minhas livrarias habituais, onde, apesar de me conhecerem, me olharam surpresos quando eu disse o que procurava. Fui à Excel·lence, a principal livraria de autoajuda de Barcelona, onde aprendi que a distinção entre manuais de autoajuda e livros sérios se diluiu. A funcionária da livraria, enquanto procurava algum título sobre a cura através da mente como quem procura um livro de Javier Cercas — havia um na vitrine —, disse que hoje em dia a maior parte dos livros de autores de prestígio toma como modelo os manuais de autoajuda, "que antes eram feitos levianamente", e copiam não apenas o estilo de intitular e aconselhar, mas também os temas, aqueles que antes os próprios editores e autores consideravam bregas ou muito transcendentes, como a felicidade, e que agora estão na ordem do dia. Da decoração da Excel·lence me chamaram a atenção os sofás cor-de-rosa e as frases positivas espalhadas por tudo que é lado, em cadernos, pôsteres, lápis e camisetas com a seguinte afirmação: "Cada dia gero milagres no meu mundo maravilhoso." (É preciso dizer que as livrarias literárias vendem camisetas com a sentença de Bartleby "Preferiria não fazê-lo".) Enquanto perambulava pela sala, tentando me esquivar dos obstáculos e preconceitos que mentalmente acumulava pelo caminho, pensando que aquilo era um atacado de receitas de individualidade, de milhares de livros que ofereciam a solução para todos os problemas desde que você se centrasse em seu umbigo, e enquanto observava que a clientela era formada unicamente por mulheres — mais adiante descobri que os homens também compram manuais de autoajuda, mas o fazem escondidos —, chamou-me a atenção um monitor no qual aparecia um senhor venerável de barba longa, como algodão, polar. Falava fazendo longas pausas. Durante os silêncios abria muito os olhos e os cravava no vazio, expectante, vestido com uma túnica de guru. Talvez esperasse que o espectador sentisse o mesmo que ele, uma paz semelhante à que eu experimentava no rádio quando nos conhecemos, Umiko, durante os silêncios pelos quais você tinha me felicitado. De repente, o homem retomava o monólogo, falando com as mãos na altura do queixo, movendo-as como se agarrasse um fio invisível: "A libertação se encontra no intervalo entre dois pensamentos. Se você permitir que os pensamentos se encadeiem, no final esta cadeia o aprisionará." Não me surpreendia. Você já tinha me ensinado isto. Ele fazia aquelas pausas para contribuir para popularizar a meditação no Ocidente. Chamava-se Osho, conforme me disse a moça do caixa enquanto eu pagava um livro de Jean Shinoda Bolen do qual trouxe várias anotações. Logo em seguida me dirigi à livraria Epsilon onde, além de CDs de música relaxante, cartas de tarô e livros sobre vidas passadas, iluminada por uma lâmpada que irradiava uma luz insossa e fantasmagórica, vendia-se livros de autoajuda. Atendeu-me uma amável vendedora, com os cílios pintados e uma horrível tatuagem no abdome, que conseguiu exatamente o que eu estava procurando: manuais de autoajuda de autores com embasamento. Comprei uma dúzia, quase fui à falência. Impaciente, comecei a folheá-los no terraço de um bar ao lado da livraria, na rua Enric Granados, a rua da sede do jornal *Avui*. Ficava ali bem no meio — o bar —, entre um prostíbulo e uma quitanda que exibia uma coleção resplandecente de maçãs vermelhas e das preferidas da temporada, as *reinetas*. Bem na hora em que estava começando a ler, passou o diretor do jornal, Vicent Sanchis, que depois de observar o livro que eu tinha nas mãos, murmurou:

— Efetivamente, se tem alguma coisa que você precisa curar é a sua mente.

Afastou-se em direção ao jornal, rindo.

Nos dias seguintes, enquanto eu devorava os livros pulando os capítulos que faziam referência aos anjos, ao perdão ou à compaixão, enquanto encurtava as noites de sono e lia e relia, ia repetindo como se fosse um mantra "leia e não julgue". E paralelamente, à medida que anotava tudo o que queria que você soubesse, uma pergunta silenciosa ia tomando forma na minha mente: como tudo isto pode me surpreender? Não entendia que o conteúdo tão discutível daqueles livros não fosse objeto de debate público, de polêmica, se fosse preciso, com pessoas que defendessem e atacassem, em vez das polêmicas estéreis que os meios de comunicação potencializam. Mas não deveria estranhar isto nesta sociedade — penso agora — em que ainda se suspeita da homeopatia, em que os médicos não podem atender um doente nem por dez minutos, ou em que ainda obturam dentes com amálgamas de mercúrio, proibidos na maioria dos países civilizados, como o seu, Umiko. À margem desta questão, ou talvez não tão à margem, também me chamou atenção a luta que muitos autores, como o casal Borysenko e o casal Simonton, devem ter mantido em seus contextos médicos para avançar nas pesquisas sobre a cura através da mente: os colegas os menosprezavam, riam deles, infernizavam-lhes a vida. Alguns autores, apesar de ser médicos, falavam da medicina alopática como se fosse uma prática de tribos primitivas, como se ela não tivesse acumulado conhecimentos durante séculos, como se os avanços científicos não tivessem salvado milhões de vidas. Muitos criticavam o fato de submetermos o corpo à quimioterapia e à radioterapia como forma de prevenir recaídas e, em vez disto, para evitar que o câncer reapareça mais agressivo em outro ponto, asseguravam que se deve eliminar o fator mental que o causou. Por ter feito este tipo de afirmações, alguns médicos se viram com dificuldades. Duvido que você saiba que o médico alemão Ryke Geerd Hamer gozou de prestígio e reconhecimento até que, em 18 de agosto de 1978, na Córsega, em uma festa realizada a bordo de um navio, um aristocrata italiano atirou, sem que se saiba bem por que, em um desconhecido que dormia no deque de um navio próximo: era Dirk Hamer, de 19 anos, filho do Dr. Hamer. Ele morreu quatro meses depois. A tragédia e o longo processo de investigação afetaram tanto a família que o Dr. Hamer gerou um câncer de testículo, e sua mulher sofreu distintos cânceres até que morreu de um infarto. A partir de então, o Dr. Hamer desenvolveu sua teoria: "O câncer é um processo biológico que o corpo põe em marcha quando a pessoa sofre um choque traumático inesperado. Enquanto dura o conflito psicológico, o câncer se expande. Mas, se a situação se resolve, o próprio corpo faz o tumor desaparecer; e, portanto, em muitos casos, a melhor maneira de curar um câncer é atuar sobre o sistema psíquico e emocional." Sustentar esta afirmação até suas últimas consequências custou ao Dr. Hamer mais de dez denúncias. Perseguiram-no judicialmente durante mais de duas décadas. Tiraram-lhe a licença. Colocaram-no na prisão. Seus colegas tentaram interná-lo em um hospital psiquiátrico. O Dr. Hamer curou muitos doentes. De qualquer forma,

Umiko, os médicos que defendem suas teorias divergem dela em um ponto: nem todos os cânceres têm origem psicológica, emocional ou traumática.

Para começar, os livros, que resumo para você com anotações e fotocópias em mãos, para ter precisão, começavam criticando a dicotomia corpo-mente ou dando por óbvio que os dois formam um todo, diferentemente do que afirmava Descartes, para quem a única fonte de conhecimento era a mente. Para todos os autores de autoajuda, o corpo é o espelho da consciência, ao ponto de que o que não funciona em nossa vida, afirmam, gerará tensão em alguma parte do corpo, e isto fará com que, a longo prazo, adoeçamos. Vem-me à memória o escritor Marcel Proust, que, fazendo referência a sua avó doente, dizia que na doença nos damos conta de que não vivemos sozinhos, mas encadeados a um ser de um reino diferente, um ser do qual nos separam abismos e que não nos conhece e que é impossível que nos entenda: nosso corpo. Os autores de autoajuda afirmam o contrário, ou, melhor dizendo, afirmam, se entendi bem, que não há abismos entre nós e o nosso corpo, simplesmente porque o corpo é uma prolongação da mente. No entanto, o Dr. Andrew Weil, em *Spontaneous Healing*, reconhecia que os livros de autoajuda levam os pacientes a se sentir excessivamente responsáveis por sua doença, porque insinuam que adoecemos por causa de determinados hábitos mentais, como consequência de não descarregar as emoções negativas, ou por não levar uma vida espiritual, "e esta mensagem cria uma carga de culpabilidade. Sentir-se culpado pela doença, pensar que você mesmo causou o câncer, é destrutivo. De maneira nenhuma isto pode ajudar o sistema imunológico". Não obstante, o Dr. Weil, que foi professor de medicina na Universidade de Harvard, critica o fato de que para a maioria dos médicos os casos de cura espontânea sejam simplesmente de cura espontânea e nada mais. "Não pesquisam. Não vão além. Mandam um homem com os pulmões cheios de tumores cancerígenos para casa, para morrer, depois de lhe dizer que a medicina não pode fazer nada por ele. Seis meses depois ele reaparece no consultório, sem nenhum sinal dos tumores. Uma jovem diabética, fumante compulsiva, jaz inconsciente na unidade coronária depois de um infarto grave. Seu médico, angustiado, vê a rapidez com que sua função cardíaca diminui e se declara impotente para salvá-la. Mas na manhã seguinte a jovem recupera os sentidos e sente vontade de falar, claramente em vias de recuperação." Weil afirma que para a maioria de médicos estes casos não passam de lendas. Não os analisam nem os consideram fontes fidedignas de informação sobre a capacidade do corpo de se curar. Para Weil, mesmo quando se aplicam tratamentos com bons resultados, estes bons resultados provêm da ativação de mecanismos curativos próprios. "Tenho certeza de que os mecanismos de cura nos planos mais complexos da organização biológica aparecerão quando os pesquisadores começarem a procurá-los."

O Dr. Bruce H. Lipton afirma que as remissões espontâneas são consideradas desvios inexplicáveis dos tipos de cura já conhecidos ou, simplesmente, diagnósticos errados. "A ciência não tem a menor ideia de por que um grande número de indivíduos infectados pelo HIV não manifesta a doença durante décadas. É ainda mais desconcertante o número de pacientes com câncer terminal que recuperaram a normalidade depois de uma remissão espontânea." Segundo ele, a mente foi praticamente descartada na medicina não apenas pelo dogmatismo, mas também por variáveis de fator econômico. "Se a mente pode curar as doenças do corpo, por que deveríamos comprar medicamentos?" Lipton denuncia que as companhias farmacêuticas têm a intenção de eliminar dos seus ensaios clínicos os pacientes que melhoram com comprimidos de açúcar, graças ao conhecido efeito placebo: "A eficácia dos comprimidos de placebo supõe uma ameaça para as farmacêuticas. O efeito placebo teria que ser um tema de estudo central nas faculdades de medicina; em vez disto, sua importância é menosprezada. Se os pesquisadores chegassem a descobrir como utilizar o efeito placebo, os médicos disporiam de uma ferramenta apoiada na própria energia, e sem efeitos colaterais. Os curadores energéticos dizem que já dispõem destas ferramentas, porém, não sou um especialista. Quanto mais a ciência descubra sobre o efeito placebo, mais oportunidades teremos para utilizá-lo nas instalações clínicas." Em 2002, na revista *Prevention and Treatment* da Associação Norte-americana de Psicologia, o professor Irving Kirsch revelou que oitenta por cento dos efeitos antidepressivos descobertos nas pesquisas clínicas podiam ser atribuídos a esse efeito; em 2008, concluiu-se que boa parte da ação do Prozac se deve ao efeito placebo. Para muitos médicos esse efeito é outra forma de denominar a ação da mente. Outros falam de remissões espontâneas, ou de milagres (de milagres falam, sobretudo, os pacientes). Um médico que não acreditava nem no efeito placebo nem na ação da mente e tampouco em milagres era o Dr. Bruce Moseley, que em 2002 publicou na revista *New England Journal of Medicine* um estudo da faculdade de medicina de Baylor em que avaliava a eficácia da cirurgia em pacientes com dores graves de joelho. "Os bons cirurgiões sabem que na cirurgia não existe efeito placebo", declarou antes de realizar o experimento. Queria descobrir qual parte da cirurgia provocava a melhora nos pacientes. Dividiu os doentes em três grupos: nos do primeiro rebaixou a cartilagem danificada; nos do segundo limpou a articulação do joelho a fim de eliminar qualquer material que pudesse estar provocando a inflamação (ambos os procedimentos constituíam o tratamento padrão da artrite de joelho); e o terceiro grupo recebeu uma "falsa cirurgia": uma vez sedado o paciente, o Dr. Moseley fazia as três incisões de praxe e em seguida falava e agia exatamente como costumava fazer durante as intervenções cirúrgicas reais, até que, após quarenta minutos, suturava as incisões como se tivesse realizado a operação. O resultado foi surpreendente. Como era esperado, os grupos que se submeteram a uma cirurgia real melhoraram. Mas o grupo placebo melhorou tanto quanto os outros.

— Tudo é possível quando você está convencido — disse recentemente no Discovery Health Channel um dos doentes deste último grupo, atualmente jogador amador de basquete. — A mente pode fazer milagres.

Às vezes não é necessário nada de outro mundo. Jean Shinoda Bolen defende que os médicos mandam a gente fazer exames e mais exames para eles se precaverem, pois se alguma coisa sair mal eles não poderão ser denunciados por negligência, e se esquecem de que antigamente o médico de família, seguindo seu olho clínico, diagnosticava o mal e dizia "não se preocupe, tudo vai ficar bem", e dizendo isto já estava curando. Li, Umiko, oito estudos que dizem que as palavras ajudam a curar (em todos eles, digo eu, a pessoa que as ouve não está dormindo). Também ajudam a curar as palavras que dizemos a nós mesmos, como afirma seu compatriota, o cientista Masaru Emoto. De fato, já faz muitos séculos que os budistas afirmam que dar determinados nomes à doença pode ser contraproducente para o doente: a palavra câncer não ajuda. Além das palavras está o afeto: deixarei com você um artigo de um catedrático da Universidade Autônoma de Barcelona que explica o caso de um doente terminal, internado na unidade de cuidados paliativos, que certo dia disse ao seu médico: "A mulher que vem todo dia limpar o quarto é um pouco estranha." "O que quer dizer?", perguntou-lhe o médico. "Vem todos os dias, mas não limpa nada." "O que faz então?" "Simplesmente senta-se e segura minha mão." Depois de alguns dias o vovô deixava a unidade de cuidados paliativos. Ainda vive.

E termino, querida Umiko, esta pequena dissertação que parece um episódio de *House*, mas sem o protagonista cínico e sem a tecnologia defasada (se comparada com as suas intenções). Vim desejando que a minha pesquisa lhe sirva de algo. Talvez, quem sabe, ajude-a a alimentar a esperança, que torna o sistema imunológico. mais forte Pois bem, todos os especialistas concordam que para gerar uma remissão espontânea, em primeiro lugar é preciso uma resposta emocional positiva, ou, em outras palavras, a esperança ou a convicção de que é possível curar-se. Isto se transmite ao sistema imunológico, e ele responde. A Dra. Candance Pert, codescobridora das endorfinas, demonstrou cientificamente e explicou em um artigo publicado no *Journal of Immunology* que todo pensamento afeta o sistema imunológico. Ele libera uma substância química (um único pensamento pode nos fazer corar ou provocar uma ereção). Todo pensamento gera moléculas informativas ou neuropeptídeos, proteínas sintetizadas no cérebro que transmitem informação ao resto do corpo. Um grande número de especialistas concluiu que a descoberta de Pert demonstrava cientificamente o que eles tinham visto em muitos dos seus pacientes, ou seja, que podemos encher de emoção cada célula e regenerá-la com a mente. O Dr. Lipton elogia os avanços de Candance Pert em *The Biology of Belief* e afirma que os pensamentos positivos e negativos não só têm consequências na nossa saúde, como também em cada um dos aspectos da nossa vida: "Suas crenças agem como os filtros de uma câmara, mudam a forma como você percebe o mundo. E sua biologia se adapta a estas crenças. Quando reconhecermos que nossas crenças são tão poderosas, estaremos em posse da chave da liberdade." Com respeito às suas visualizações, Umiko, com respeito ao fato de imaginar o raio verde que derrete o tumor, encontrei informações no livro do casal Simonton, médicos que trabalham há anos com esta técnica: o paciente imagina que cura a parte do corpo doente com um líquido ou com um raio curativo que vai enchendo de saúde cada célula. No centro de pesquisas que dirigem no Texas, eles constataram a remissão de muitos tumores de doentes que teoricamente tinham os meses de vida contados. Utilizaram as visualizações pela primeira vez em 1971 com um paciente considerado medicamente incurável, e o paciente praticou a essa técnica três vezes ao dia, visualizando seu câncer, imaginando que o tratamento chegava ao tumor e o destruía, os glóbulos brancos do sangue atacando as células cancerígenas e expulsando-as do corpo. Os resultados falaram por si: o paciente desenganado recuperou a saúde. Também nos Estados Unidos o Institute of Noetic Sciences publicou *Spontaneous Remission: An Annotated Bibliography*, em que são documentados 430 casos de remissão espontânea — sem tratamento alopático — em que os médicos haviam feito as piores previsões. Li alguns deles, e nenhum me impressionou tanto quanto a história do Sr. Wright. Depois de lê-la, concluí que muitos dos ensaios que nossa classe intelectual considera imprescindíveis são espiritualmente limitados se os compararmos com os manuais de autoajuda. Valia a pena ir à ilha e fazer o que estivesse ao meu alcance para ajudá-la. Passaria toda esta informação a você. Se conhecemos a história de alguém que se curou, e que provavelmente tinha perspectivas piores do que as nossas, fica mais fácil sair desta.

O caso do Sr. Wright é descrito por seu médico, o Dr. Bruno Klopher, nas páginas 329-340 do *Psychological Variables in Human Cancer, Journal of Projective Techniques.* O Sr. Wright tinha um linfossarcoma terminal: "enormes massas tumorais do tamanho de uma laranja distribuídas por todo o corpo" que causavam graves dificuldades para respirar; a cada dois dias tinham que extrair líquido do seu peito. Apesar de tudo, o Sr. Wright se aferrava à crença de que, se o tratassem com um medicamento chamado Krebiozen, ele se curaria (a imprensa popular tinha publicado que este remédio fazia milagres). Por casualidade o Krebiozen estava para ser testado experimentalmente na clínica onde o Sr. Wright se encontrava internado, porém ele não era um doente adequado para os testes, pois para se submeter a eles o paciente deveria ter uma expectativa de vida de no mínimo três meses, o que Wright não tinha. Depois de muita insistência o médico cedeu e lhe aplicou uma injeção. Isto aconteceu em uma sexta-feira. Quando o Dr. Bruno Klopher retornou ao hospital dando como certo que o Sr. Wright estaria agonizando, ou já morto, encontrou o paciente passeando pela sala e "conversando alegremente com as enfermeiras". Depois de examiná-lo, o Dr. Klopher descobriu que "as massas tumorais derreteram como bolas de neve em um forno". Em dez dias o Sr. Wright teve alta, praticamente sem vestígios dos tumores.

No entanto, dois meses depois o Sr. Wright leu na imprensa que os últimos testes clínicos do Krebiozen mostraram aos especialistas que o medicamento não garantia os mínimos efeitos terapêuticos desejáveis; então desanimou e voltou para o estado anterior, de doente terminal. De novo no hospital, o Dr. Klopher mentiu deliberadamente para ele e pediu que não acreditasse no que os jornais diziam, que ele tinha conseguido um novo Krebiozen, aperfeiçoado, com o dobro de potência, com o qual conseguiriam ótimos resultados. Quando o Sr. Wright perguntou por que tinha recaído, o médico respondeu, mentindo outra vez, que às vezes a substância podia perder o efeito, mas que já a haviam aprimorado e que o novo medicamento chegaria no dia seguinte e ele seria o primeiro a experimentá-lo (com essa história, o médico queria reforçar a expectativa: "sua esperança de cura chegaria ao ápice"). Com muita solenidade, no dia seguinte, o Dr. Klopher injetou-lhe uma dose de água destilada. A segunda recuperação do Sr. Wright foi ainda mais espetacular: nem rastro dos tumores, que voltaram a derreter como bolas de neve em um forno. Mas a história dá uma reviravolta definitiva quando, depois de dois meses, um relatório conclusivo da American Medical Association demonstrou a ineficácia do Krebiozen. Toda a imprensa divulgou o documento. Poucos dias depois de ler isso, o Sr. Wright teve uma recaída e morreu.

Dei por finalizada a pesquisa ontem no meio da tarde; tinha que ir à rádio e hoje já viajaria para a sua ilha. Mas, ao fechar o caderno de anotações, pensei que não era suficiente, que não podia ficar só no plano teórico, ainda que fosse uma teoria contundente que demonstrava que a cura pela mente é plausível: faltava checar essa literatura com um médico de cabeça aberta. No dia anterior eu tinha jantado com Baltasar Porcel, e ele me falou sobre o câncer que já superara — "eu o venci: ou você o vence, ou ele vence" — e não tinha me atrevido a comentar nada sobre suas intenções, por medo de que me dissesse que eram uma estupidez e me desanimasse. Também não disse nada ao meu tio, para quem eu havia ligado pouco antes e que me contou que em sua casa não parava de ir de um lado a outro, remexendo papéis antigos, fotos e diplomas, dando-se conta de que não se lembrava de muitos aspectos do próprio passado, embora tivesse o consolo de que não tinha se esquecido de nenhuma língua, e continuava lendo e falando todas perfeitamente. "E os médicos, o que dizem?", perguntei. Com um tom indignado ele me respondeu: "Agora duvidam de que eu tenha câncer." "Sério? Mas não tinham diagnosticado isto?" "Sim, mas agora insinuam que podem ter se enganado, e que ainda não podem me dizer mais nada, que precisam fazer mais exames." Não soube o que dizer. Diante do meu silêncio, comentou que estava traduzindo livros, que esta tarefa o enchia de ilusão, mas não sei se era isso que efetivamente o enchia de ilusão ou o fato de conservar a memória para se lembrar das línguas e traduzir. Finalmente me perguntou como eu ia, o que estava fazendo. E você compreenderá, Umiko, que não me atrevi a lhe contar que estava fazendo uma investigação jornalística profunda sobre um tumor fatal de uma amiga que queria se curar pela mente. Sentia o mesmo medo de quando falei com Porcel, ou seja, meu tio insistiria para que eu deixasse de tolices. Também temia que um médico que não tivesse a cabeça aberta me dissesse a mesma coisa. Por isto fui à hemeroteca da rádio procurar nomes de médicos que estivessem à margem das correntes mais aceitas. Estava sentado à mesa, concentrado na seção de um jornal que costuma publicar entrevistas, digamos, new age, quando o chefe da seção de política passou e disse: "Não entendo como pode dar crédito a esta seção. Entrevistam todos os *freaks* que passam por Barcelona dizendo bobagens." Alguma coisa devia estar mudando em mim — educado, como disse, com rigor —, porque respondi: "Os *freaks* e as bobagens eu procuro na seção de política."

Não demorei muito para encontrar o que queria, uma entrevista como uma médica chamada Carmina Queralt que começava assim: "O oncologista propõe extirpar o tumor e fazer quimioterapia e radioterapia para prevenir as recaídas. É um enfoque reducionista. As células se relacionam com nossas partes mais sutis, como a emocional ou a mental, que apesar de serem mais dificilmente quantificáveis, não são menos importantes no momento em que se adoece." Pouco depois já me encontrava na recepção de uma clínica chamada Naturmed para falar com a Dra. Queralt. Da entrevista eu havia deduzido que seu trabalho começava quando os outros médicos jogavam a toalha. Combinava a medicina tradicional com a homeopatia e a acupuntura e outras das chamadas terapias alternativas. Na recepção fiz uma coisa da qual me arrependo, embora voltasse a fazê-la nas mesmas circunstâncias: aproveitei-me da minha condição de jornalista para um assunto pessoal, ou seja, mostrei minha credencial à recepcionista, pedi para falar com a Dra. Queralt para uma segunda opinião sobre uma notícia — ela me perguntou qual era e eu não disse, alegando que se tratava de um assunto delicado; não, não podia esperar até segunda-feira —, e insisti e voltei a insistir diante de sua perplexidade e depois diante da perplexidade da secretária da médica, ambas desacostumadas não sei se com o fato de um jornalista se dar ao trabalho de ir à clínica — estas entrevistas costumam ser feitas por telefone — ou simplesmente com jornalistas. A médica só me recebeu uma hora e meia mais tarde, depois de controlar minha urgência mandando entrar antes de mim cada um dos pacientes da sala de espera, onde eu também esperei com um sentimento de pasma tranquilidade, enquanto observava os doentes com olhos oblíquos e estranhos. Senti-me aliviado por não sofrer o que eles sofriam e por não perceber — ainda — o mundo exterior como uma irrealidade em que as pessoas se dedicam a perseguir sombras e a dotá-las de sentido. Quando finalmente me recebeu, quando aquela médica pequena e morena de olhos como botões negros me mandou entrar no consultório e ouviu minhas desculpas por ter contado à recepcionista "uma mentira piedosa", a primeira coisa que me disse, Umiko, lhe soará familiar: "Algumas noites durmo com você." Disse isso com um sorriso e uma voz suaves que me fizeram concluir que sua delicadeza não era sinal de fragilidade, mas de maleabilidade, que se moldava ao paciente já de cara para fazê-lo se sentir bem. Depois de resumir para ela a documentação extraída dos manuais de autoajuda, a fisionomia da doutora adquiriu um ar reflexivo. E, quando contei que estava fazendo tudo isto por uma amiga que queria se curar, que praticava meditação e visualizações e que, além disso, para reforçar estes exercícios, para harmonizar a vibração de seu corpo, tinha me pedido que falasse com ela durante um longo período de tempo, algumas horas, à noite, se fosse possível, a doutora arqueou as sobrancelhas em sinal de interrogação.

Começou a falar deixando claro, antes de mais nada, que ela acreditava na medicina alopática: "É imprescindível em muitos casos." Mas, diferentemente de outros colegas, não descartava nenhum tipo de medicina ou qualquer alternativa. Não há doença que, em um paciente ou outro, não tenha sido curada. De qualquer maneira, disse, se houvesse um tratamento eficaz contra o câncer não demoraríamos a conhecê-lo. Para falar corretamente, não deveríamos nos referir a câncer, e sim a cânceres, porque havia centenas de tipos. A radioterapia e a quimioterapia logo ficariam obsoletas: "O sistema imunológico será potencializado para que ele próprio vença as massas tumorais." Cada paciente fazia o que podia, a fim de estimular seu sistema imune, "mas ainda não há leis". Os olhos dela se mexiam mais do que os seus, Umiko, mas não refletiam nenhum tipo de luz espiritual. Um consultório austero, com as paredes cor de terra, uma escrivaninha rústica, uma imagem do corpo humano com palavras em chinês embaixo dos pontos energéticos, e uma janela através da qual entrava o zumbido da cidade numa sexta-feira à tarde e a luz vagamente atravessada por um tom amarelo-ovo. "Você constatou remissões espontâneas?", perguntei, baixando um pouco os olhos. Seu jaleco branco exalava um leve aroma de café. Respondeu-me com toda naturalidade: "Sim, muitas. Eu e todos os meus colegas. De doentes que fazem visualizações e de doentes que não as fazem. E, apesar de as visualizações serem o método, neste momento, mais eficaz, há pacientes que morrem fazendo exatamente as mesmas visualizações que outros que se curaram." Em seguida explicou que o médico norte-americano Joe Dispenza estudava havia oito anos as remissões espontâneas e tinha chegado à conclusão de que um dos pontos em comum entre todas era que o doente acreditava que havia algo mais poderoso do que ele que podia ajudá-lo a se curar, que nem tudo dependia da própria pessoa. "Pois minha amiga também diz que a cura não depende totalmente dela", falei, satisfeito, adotando um tom otimista. Então a doutora se aproximou e me disse:

— Há uma coisa que não entendo. Posso falar com sinceridade?

— É claro — respondi. — Por favor. — Pensei que diria que estávamos perdendo tempo, ou que me repreenderia por ter aparecido na clínica de improviso. Minha urgência devia ser a mesma que tinha boa parte das pessoas que iam vê-la, e com certeza ninguém burlava os regulamentos da clínica. Certamente nem Porcel nem meu tio burlavam regulamentos. Possivelmente tinham aprendido a conviver com a incerteza e até a dotá-la de sentido. Como todo mundo, eles deviam permanecer na sala de espera durante muito tempo antes de serem atendidos por um médico com quem tinham agendado consulta algumas semanas antes. Um intervalo de tempo eterno durante o qual teriam feito conjeturas de todo tipo, pensando no que fariam se as palavras do médico fossem negativas, como sua vida mudaria, o que dariam para que a mensagem do médico contivesse esperança, o que fariam se tivessem a oportunidade de começar de novo. Talvez o medo de morrer seja na verdade o medo de não ter feito tudo o que queríamos na vida (por comodidade, estupidez ou falta de coragem).

— Não entendo qual é o seu papel na cura — comentou a médica, arqueando outra vez as sobrancelhas.

— Como assim?

— Não entendo qual é o seu papel exato no processo de cura da sua amiga.

— Bem. Falar é a única coisa que sei fazer relativamente bem. Falar e falar. Até que amanheça. Meu papel é fácil — concluí.

— Pois não entendo — disse a médica. E continuou falando com gestos que exalavam resolução e uma inteligência afiada que não fazia rodeios: — Não tenho dúvida de que sua amiga faz aquilo que tem que ser feito para se conseguir uma remissão espontânea: visualizações. Se as acompanha com meditação, melhor. Mas para fazer isto necessita de solidão. Sim, sempre é bom ter alguém ao lado, um bom círculo afetivo reforça o sistema imunológico. Pode ser recomendável que alguém fale com você, mas não no sentido que você está me dizendo. Não tem nada a ver com um processo de cura destas características. Por isto não entendo qual é o seu papel. Afirmo com certeza que, para tentar se curar, sua amiga não precisa de mais ninguém.

Visivelmente desconcertado, disse:

— Bem, muito obrigado. Imagino que ela esclarecerá isto amanhã quando nos virmos. — Levantei-me da cadeira, vesti o casaco, e enquanto apertávamos as mãos, ela me perguntou:

— Você viu a série *Twin Peaks*?

Naquela hora, quem arqueou as sobrancelhas fui eu. Imaginei que queria quebrar o gelo antes de nos despedirmos, da mesma forma que no início havia dito que dormia comigo algumas noites. Sim, tinha visto, com Carlota; nos viciamos com anos de atraso. Uma série paranoica, flutuante como a mente. Carlota às vezes tinha medo, fechava os olhos, agarrava-se com força a mim. Eu nunca sabia se ela estava brincando, e por isso eu gostava ainda mais daquela série de anões e cavalinhos. Mais adiante, quando soube que David Lynch pratica meditação há anos para mergulhar nos mistérios e nas profundezas da consciência pura ou do campo unificado, e uma vez ali imagina que pesca peixes que para ele são ideias (quanto mais profundas na consciência pura, mais brilhantes são as ideias), então entendi de onde saiu a série.

— Pois acho — disse a doutora com um sorriso indulgente, enquanto eu me libertava da sua mão — que independentemente do que você faça com sua amiga, será como aquela mulher de *Twin Peaks* que embala todo dia um tronco de árvore nos braços. Melhor dizendo, você será o tronco. Dá na mesma que fale ou não com ela. Dá na mesma o que lhe diga. Aquela mulher está convencida de que o tronco tem poderes, e isto é a única coisa que importa. Você será um tronco falante.

Por tudo isto, querida Umiko, se hoje tivéssemos podido conversar, eu teria perguntado sobre o meu papel no seu processo de cura com a mente. Já sei que isto tem importância relativa, que as minhas dúvidas, ao lado da gravidade da sua doença, são secundárias. Que nas circunstâncias atuais tenho que me esquecer destes contos e dar tudo de mim para que você se cure. Mas você entenderá minha curiosidade. A comparação com o tronco é curiosa. Bem que eu gostaria de ser um tronco de árvore, imune à afronta. Ou talvez preferisse ser bambu, pura flexibilidade. Sempre preferirei uma natureza agitada, como a do bambu, a uma quieta. A sua natureza, agora mesmo, é agitada. Acho que faz alguns minutos que está sonhando: mudou de posição, seu rosto adquiriu um pouco de cor, balbuciou algumas meias palavras. Agora seu corpo e suas pernas formam um Z. Graças a uma faixa de luz posso entrever seu abdome, um abdome liso que se movimenta levemente. Umiko respirando com o diafragma, uma respiração abdominal, a mais recomendável: o abdome expandindo-se, pressionando os órgãos, massageando-os levemente, sedando o sistema nervoso, desbloqueando tensões com vitalidade e força, limpeza e equilíbrio em cada expiração, e transportando a energia até o último canto do corpo durante a retenção do ar. Temos as respirações contadas, disse-me há seis meses, então é melhor respirar lentamente, como as tartarugas ou os elefantes. De nada lhe serviu respirar lentamente, Umiko. Agora continua envolta em seu sono. Dormirá umas 10 ou 12 horas, imagino, e não as seis que costuma dormir desde que foi para o mosteiro, uma vez que a meditação faz com que precise de menos horas de sono para se sentir refeita. Não sei se fecho a janela, o vento sopra cada vez mais forte, um vento de mar persistente que arrasta o barulho das folhas das palmeiras batendo como vassouras secas, verdes do limo. Imagino os barcos do porto, o tremor das luzes na água espessa e oleosa. Pema mora ao lado, provavelmente estará absorta, fumando, pensando em você, em nós (uma mulher nervosa; não creio que consiga dormir). Nesta tarde, quando nos vimos, ou seja, durante toda a tarde, lhe fiz perguntas sobre seu processo de cura, e embora tenha esclarecido alguns aspectos, digamos, técnicos, relacionados ao inconsciente, sobre como eu poderia me conectar com ele durante a noite — é o que estou tentando fazer —, no final me suscitou mais perguntas, especialmente quando falou sobre o ato de fechamento. Disse que era muito importante que eu fizesse esta segunda parte do exercício durante o amanhecer, antes de ir embora. É crucial, insistiu com voz envergonhada. Começou a me explicar como seria e de repente empalideci. Ao ver-me assim, sua amiga rapidamente foi procurar uns florais de Bach que dizem que são úteis para aliviar a tristeza e a angústia.

Depois Pema continuou falando, como estou fazendo agora, com a diferença de que seu interlocutor estava acordado (meus braços cruzados, suas teorias absurdas). Houve um instante em que parou, e eu deixei de fazer perguntas, porque estávamos sem tempo eu: queria organizar as ideias — coisa que no final não consegui fazer — e preparar minimamente este monólogo. Não podíamos continuar conversando, tinha escurecido e, além disso ela disse, eu encontraria as respostas no seu diário. Começarei a lê-lo dentro de alguns minutos, quando fizer uma pausa para esticar as pernas no jardim. É bastante extenso, não terei tempo de ler tudo, nem perto disto, mas prometo que vou dar uma olhada. Acho que não vou encontrar anotações sobre casas de chá, nem sobre gueixas, nem sobre sumô.

Não preciso lhe dizer que Pema é uma mulher peculiar. Eu estava lendo na praia ao lado daquela garota nua quando se plantou diante de mim uma mulher corpulenta, miúda, de uns 40 anos, dizendo que vinha em nome de Umiko. Conhecia-me da conferência do Sant Francesc, chamava-se Pema, e tinha que me explicar muitas coisas. A primeira coisa que me chamou a atenção nela foi o vestido estampado de flores cor-de-rosa e amarelas que não sei se imitava o estilo hippie dos anos 1960 ou se ela o tinha comprado naquela época. Obviamente também me fixei no seu cabelo tingido de cor de mogno, nas suas sobrancelhas abundantes que não são feitas, no piercing no nariz e no rosto bonito que deve ter causado confusões na ilha nos últimos 15 anos, que é o tempo em que ela vive aqui, segundo me disse. Sentou-se na areia enquanto, com uma das mãos, desligava o celular e com a outra abria o papel de seda para enrolar cigarros: "Desculpe, fazia anos que não fumava. Estou muito nervosa com o que está acontecendo com a Umiko, bem que eu gostaria de ter a sua compostura. Imagino que você também deve estar abalado", disse, sem sotaque balear, enquanto pegava uma caixa de fósforos na bolsa quase ao mesmo tempo em que começava a enrolar o cigarro, com os dedos trêmulos de impaciência (agora me dou conta de que minha voz já não treme; com um pouco de sorte, Umiko, em pouco tempo a voz já poderá gerar "a vibração" que você me pediu). Os olhos de Pema, diferentemente dos seus, que prendem o olhar do interlocutor e não o soltam, não paravam de se mexer. Não só porque seu pensamento devia ser muito rápido — Umiko não a ensinou a meditar, pensei —, mas também porque parecia querer captar tudo o que acontecia no seu campo de visão: o mar, os barcos balançando na água, a luz descendo pela ladeira dos pinheiros e as dunas, invadindo o mar e a areia. Perguntei-lhe: "Por que Umiko não veio? Há alguma mudança para esta noite?" Ela continuava olhando em volta; agora prestava atenção na garota que tomava sol, e enquanto isso me dizia que não, que não havia mudanças, que você estava trancada fazendo visualizações. Era muito importante que estivesse sozinha e concentrada durante as horas anteriores à "noite decisiva". Por isso tinham combinado que ela me daria as instruções da noite "com calma". O ritual que realizaríamos não era "qualquer coisa", e era preciso seguir as instruções. Enquanto me perguntava se sua amiga era um bom exemplo de equanimidade — Umiko deve ser mais equânime, pensei, embora seja ela quem está com câncer —, Pema se levantou e cumprimentou a garota que tomava sol nua. Deviam se conhecer, porque a garota se levantou em seguida, abraçou-a; e foi então, enquanto conversavam, que passei uma dificuldade. Quando entrei no quarto e a vi sem roupa me disse que isto não voltaria a se repetir. Seria inaceitável, você está doente.

Acontece que quando vi aquela garota conversando com Pema, de pé, exibindo as formas bem-feitas do seu corpo, a cabeleira loira, ondulante, sedosa, e uns seios inesperadamente volumosos em um corpo tão magro, tive uma ereção. Não consigo entender: pela minha cabeça não passou nem um único pensamento libidinoso. Os cientistas asseguram que tem que haver um pensamento para gerar uma substância química que modifique o estado do corpo, mas posso lhe garantir que não tive nenhum pensamento libidinoso, apesar de a garota ser exuberante e sem dúvida capaz de suscitá-lo (talvez, como dizem, o pênis tenha vida própria). Pema e a menina continuavam conversando, as duas de pé, a garota com as mãos enlaçadas atrás da nuca, Pema gesticulando muito, fumando, expelindo a fumaça para baixo, franzindo o lábio inferior. Pensei: você está só de calção, é sua única roupa, nem sequer tem uma toalha, dá para notar a ereção. Quando Pema voltar o verá assim, vergonhoso, e você perderá a credibilidade. Não pode dissimular com o livro porque ficará ridículo.

Foi então, Umiko, que pensei que o único remédio era meditar. Aceitar a situação. Ter presente que a consciência é um espaço de quietude de onde experimentamos aquilo que está acontecendo. A consciência é como o céu, e os pensamentos e emoções são nuvens que o atravessam, ou seja, não são substanciais. Então, observaria os pensamentos como se fossem nuvens, sem lhes dar importância, até que o sangue deixasse de se concentrar naquela parte do corpo. Comecei a meditar.

Um episódio parecido — sem ereção, porém mais comprometedor — aconteceu comigo há um mês e pouco, quando me apresentava diante de 2 mil pessoas. Graças àquele transe descobri que minha prática meditativa ia por bom caminho, e me senti orgulhoso do meu progresso (apenas no dia seguinte ao acontecimento; naquele momento passei por um tremendo apuro). Eu meditava 25 minutos todo dia. Parece pouco, 25 minutos, mas descobri que se praticasse um pouco todo dia, se me dedicasse a isso sabendo que o tempo era muito limitado, obteria melhores resultados, considerando que não se trata de obter resultados da meditação e que deveríamos meditar como viajamos ou dançamos ou interpretamos música, usufruindo da dança ou da interpretação, sem que nos importe o final e sim o caminho: se os bailarinos e os músicos tivessem a obsessão de chegar ao final, os melhores seriam os mais rápidos. O episódio aconteceu no auditório do Fórum de Barcelona, diante de 2 mil enfermeiras (como já disse, não teve nada a ver com uma ereção). Tinham me contratado para apresentar a cerimônia de entrega dos prêmios às melhores profissionais do ano. Isto me inspirava muito respeito, não só pelas enfermeiras — que admiro por sua amabilidade inabalável e seu uniforme branco sobre o qual não vou fazer nenhuma brincadeira, uma vez que já fizeram muitas e talvez por esta razão flutue no inconsciente coletivo a suposta morbidez que elas possuem, uma fama da qual se queixam —, mas também porque 4 mil olhos estariam atentos a mim, me perscrutando, comparando a minha voz com o meu físico. Além disso, naquele dia eu estava muito resfriado. No palco havia um telão enorme para que as espectadoras do fundo da sala pudessem captar todos os detalhes. Quando eu falava, a câmera enfocava o meu rosto (lá em cima o nariz devia medir 1 metro de comprimento). Bem, apesar de minha inexperiência e patetice no palco, a apresentação foi boa, a entrega dos prêmios, os discursos das autoridades, e meus comentários em cada parte e nas homenagens. Até que chegou o momento do clímax. O momento no qual eu tinha que fazer um discurso em nome do Colégio de Enfermeiras, que era quem organizava o evento e tinha me contratado. Um discurso que eu não leria, tinha-o memorizado (se lemos, o público se desliga). Um discurso referente à falta de prestígio social das enfermeiras, apesar do sacrifício e da abnegação que implica passar horas e horas perto dos doentes, muito mais do que os médicos, que fazem a ronda e veem o paciente só um instante por dia. O discurso tinha o mesmo objetivo que os prêmios e que o ato em si, ou seja, levantar o moral coletivo. Mas justo no momento de começar, o refletor já me iluminando, um primeiro plano do meu rosto no telão, justo neste momento me deu branco. E não porque tivesse perdido o fio da meada, nem por causa do nervosismo, pois felizmente só tinha ficado nervoso nos cinco minutos antes de começar (havia contado respirações para me acalmar). Tampouco me deu branco pelo fato de ter 2 mil enfermeiras na minha frente, já tinha me acostumado à presença delas, e além disso não pareciam enfermeiras porque estavam em trajes civis. O motivo era muito mais prosaico: justo quando subi no palco, olhando para a câmera, pronto para começar a falar com voz solene, o resfriado quis seus minutos de fama: uma gota de muco começava a escorrer lentamente pelo meu nariz. Era uma gota de dimensões consideráveis, ou seja, era mais do que uma gota. Coloquei a mão no bolso das calças, e me dei conta de que tinha deixado o pacote de lenços de papel no camarim. Não queria ser desagradável, Umiko, mas estou falando de um muco líquido e viscoso e de um verde tenro — a imagem é mesmo desagradável — de quando estamos muito resfriados e andamos o dia inteiro com o lenço na mão. O muco era imperceptível para as espectadoras, pois ainda não tinha abandonado a fossa nasal; para mim era completamente real, tangível, horrendo. Naquela velocidade, em trinta ou quarenta segundos começariam a se ouvir as primeiras gargalhadas; imagine como subiria o moral da tropa. De fato, já me chegavam os primeiros murmúrios interrogativos. Puxei ar pelo nariz, como me preparando para a solenidade do discurso, mas com o objetivo secreto de fazer o muco subir. Voltei a puxar ar pelo nariz duas ou três vezes, para cima, mas não havia nada a fazer, estava muito resfriado, e o muco era abundante. Tinha me dado branco, não sabia o que dizer, não tinha sentido começar o discurso — tampouco me lembrava dele — porque teria que interrompê-lo em poucos segundos, quando o muco ficasse visível para as enfermeiras que cada vez cochichavam mais. Também murmuravam entre elas as autoridades da primeira fila, o presidente da Generalitat, a conselheira de Saúde, o prefeito de Barcelona e a presidenta do Colégio de Enfermeiras, que começou a gesticular, como dizendo que me soltasse, que começasse a falar de uma vez. Se tivesse me acontecido no estúdio da rádio, eu teria pedido um lenço a alguém da equipe, teria apertado o botão que desliga o microfone e depois de uma breve pausa teria continuado com o programa, talvez forçando um pouco a voz. Mas você não está no estúdio, pensei; deixe de especular. Não pense que vai fazer papel ridículo, embora saiba perfeitamente que o fará. Já, já dois ou três espectadores começarão a rir e o restante do público irá se somar a eles, e com um pouco de sorte acharão que é uma brincadeira de despedida. Mas não pense nisto: medite. Embora pareça impossível, tente meditar. Você é um pouco mais do que este corpo e sua experiência pessoal. Olhe-se como se fosse outro. Como se fossem de outra pessoa os pensamentos e as sensações que o assaltam — que azar, queria tanto que a cerimônia estivesse à altura; não costumam me contratar para eventos com público —, e deixe que tudo passe como se fossem as nuvens de uma tempestade. Acho, Umiko, que consegui. Concentrei-me na respiração, no vaivém do ar, nas sensações que me assaltavam, tensão, paciência, frustração, ansiedade, e talvez um pouco de pena de mim mesmo, e não sei se as aceitei, mas pelo menos as reconheci. Transformei-me em observador de mim mesmo, como se fosse outro que estivesse a ponto de fazer papel ridículo, um fenômeno que depois aprendi que os psicólogos chamam de dissociação. Sim, meditei (como lhe disse, no dia seguinte me sentia orgulhoso). Finalmente o muco começou a ficar visível. Mas eu estava meditando e sentia, curiosamente, paz. Observava a cena com equanimidade. Tinha aceitado a situação — não falaria no fechamento da cerimônia —, e tudo estava bem. E finalmente não falei, porque a presidenta do Colégio de Enfermeiras improvisou uma solução: começou a aplaudir, dando o ato por concluído. Somaram-se as demais autoridades, de maneira que deixei de ser o centro das atenções; a luz dos refletores se deslocou para as cadeiras da primeira fila. Sorri, disse muito obrigado, e fugi correndo do cenário para me encerrar no camarim, e nunca mais ninguém vai me contratar para apresentar nenhuma cerimônia.

Quando nesta tarde na praia Pema voltava de cumprimentar a garota nua — nua como você; já lhe disse que tempos atrás falava de acasos e agora falo de sincronias —, eu tentava fazer a mesma coisa que no dia das enfermeiras: meditar. Aceitar a situação. Aprendi com você que a maioria dos problemas aparece por não sabermos dizer sim com letras maiúsculas ao que a vida nos oferece, por não sabermos aceitar a situação presente. Enquanto Pema se aproximava a passos curtos, afundando os pés na areia com ar descuidado, o cigarro em uma mão e a outra segurando a barra do vestido de flores para que não sujasse, embora a areia estivesse limpa e parecesse mel, eu deixava deslizar os temores de bancar o ridículo como se fossem nuvens. Em um instante chegaria ao meu lado, olharia para o meu calção com suspeita, pensaria que não tenho nenhum tipo de credibilidade; mas tudo bem. Talvez me comparasse com os banhistas que vão à praia nudista para olhar e que entram na água para aliviar a tensão; mas tudo estava bem porque eu meditava. A garota nua voltou a se deitar na toalha, tomando sol, o cabelo, perfumado pelo vento. E finalmente, como no dia das enfermeiras, foi bom meditar: quando Pema chegou, eu continuava sentindo paz e, o mais importante, meu calção não estava mais contraído. Sua amiga me contou que conhecia a garota da loja de roupas que possuía. Era uma boa freguesa.

— Aliás — acrescentou —, ela disse que pode olhar para ela diretamente. Que não precisa se esconder atrás do livro para espiá-la.

Minha pele ficou vermelha, da cor de um camarão cozido. É curioso que ruborizemos e tenhamos ereções sem que os pensamentos tenham nada a ver com isso; tudo é muito rápido, os pensamentos ainda não se formaram quando, de repente, o corpo toma a iniciativa. A luz da praia tinha uma brancura refrescante. Agora Pema me contava sem transição, com aquela desenvoltura tão despreocupada, que queria vender a loja de roupas: gostaria de se dedicar à sua vocação, a chamada harmonização energética, "uma supervocação há três anos". A harmonização energética, dizia, é um tipo de reiki, porém mais sofisticada, sem necessidade de utilizar as mãos. Uma terapia que trabalha com a aura da pessoa. A aura se podia medir, desde há poucos anos, e tudo era mais científico do que parecia. Não, ela não podia fazer nada para curá-la, Umiko, o tumor estava muito avançado, mas as duas estavam convencidas de que seu tratamento tinha aliviado alguns sintomas. Sem sombra de dúvidas, se não sofria tantos enjoos nem dores de cabeça era graças à sua terapia. O mar estava praticamente imóvel, e tinha um quê de vidro embaçado no qual se refletia a cenografia das encostas, um vidro quebrado, de vez em quando, por uma onda agitando-se com voluptuosidade quase irritada. O cheiro intenso dos pinheiros, realmente agradável, chegava até o canto da baía onde estávamos. De repente, Pema tirou um caderno da bolsa — "antes que me esqueça" —, e o entregou a mim. Um caderno preto, de capa grossa: o seu diário. Era importante, disse, que eu lesse alguns trechos, sobretudo o final, ao longo desta noite e madrugada. Teria tempo de sobra para dar uma olhada e ao mesmo tempo fazer o exercício. O diário me poderia servir para descansar, para fazer pequenas pausas e tomar chá, limpar a voz, descer ao jardim para esticar as pernas:

— Há uma pequena lâmpada embaixo das palmeiras; você poderá ler tranquilamente. Cuidado com os mosquitos. Depois, suba e continue falando, e fique tranquilo, porque ela continuará dormindo profundamente.

Olhei-a com olhos incrédulos. Era a primeira vez que ouvia que você estaria dormindo, Umiko. Como lhe disse, eu pensava que viria para falar com você, mas com você acordada, para recitar um mantra, se tanto. Porém, não pude fazer nenhuma pergunta à sua amiga, porque de repente sua expressão se tornou menos intensa. Tinha que me contar a pequena história do diário. Obviamente você o tinha escrito na sua língua, pois se tratava de um diário íntimo; mas quando chegou à ilha, quando já fazia meses que se conheciam, ela incentivou-a a traduzi-lo. Conheceram-se na aula, ela foi uma de suas primeiras alunas, e quando parou com as aulas — não se saiu muito bem com a meditação —, passou de aluna a amiga. Tão amiga que você lhe contou a experiência "muito dura" do mosteiro zen. E ela recomendou que traduzisse o diário como terapia, pois escrever sobre as feridas sempre é uma boa terapia, cicatriza-as. Reescrever o diário, refletir sobre ele, seria terapêutico. Segundo Pema, vendo o estilo de vida que você levava, ficava claro que não tinha superado aqueles acontecimentos. Você não achou a ideia ruim. Além disso, não descartava, a longo prazo, publicá-lo em forma de livro; poderia interessar a muitos ocidentais que querem fazer pacotes em um mosteiro zen (algumas agências especializadas já organizam retiros de dez dias e viagem de ônibus até o mosteiro, com caraoquê incluído). Mas o que mais a motivava era publicar um livro de conteúdo autobiográfico, com certa qualidade literária, longe dos manuais de autoajuda que tinha traduzido durante anos.

— Aconselhei-a mal. Traduzi-lo foi um erro — disse sua amiga, olhando para a areia onde apagava o cigarro. Seus olhos refletiam esgotamento e debilidade. A brisa espalhava a areia fina por cima das páginas do livro de Thondup. — Teria sido melhor deixar o diário em paz. Não deveríamos ter remexido no episódio do mosteiro zen.

Sua amiga continuou explicando que durante meses, por culpa dela, você reviveu uma experiência traumática, e este reviver, em vez de servir como terapia, fez ressurgir o sofrimento.

— Todos nós geramos doenças — disse —, todas as doenças são psicossomáticas.

Pema afirma que sua doença não foi gerada pelo sofrimento do mosteiro, mas sim pelo esforço de se lembrar daquela experiência, de revivê-la também mental e emocionalmente. Enquanto colocava o diário na mochila, me propôs ir à casa dela para continuar conversando e me dar "as instruções para esta noite".

Antes de começar a dar uma olhada no diário, eu gostaria de lhe explicar que comecei a praticar meditação com você como resultado de uma pequena crise. Certamente as crises são uma oportunidade, tal como define o ideograma chinês. Nada a ver, imagino, com sua crise no mosteiro zen, da qual neste momento só sei o que o rosto consternado de Pema me passou. Quando comecei a sofrê-la ou a transitar por ela não a chamava de crise, posto que não sabia como defini-la, porque não era uma crise existencial nem sentimental nem trabalhista, embora repercutisse no trabalho. Não obstante, era. Uma crise relacionada às palavras. Um senhor problema, pois eu ganhava a vida com as palavras. Tudo começou quando passei a ficar nervoso na rádio durante algumas entrevistas. Não era tensão, mas indignação. Saía do estúdio aflito, ia passear no parque, para ver se olhando o verde das folhas, ouvindo as andorinhas, me encantando com a paisagem, meus nervos se acalmavam. Fui constatando que ficava nervoso durante as entrevistas com os políticos e líderes de opinião (que estranho se dedicar a ser "líder de opinião"). No início pensei que a causa do meu nervosismo era a quantidade absurda de café que eu tomava para ficar acordado — nessa época eu achava que a melhor maneira de permanecer acordado era tomando café —, mas fui descobrindo que tudo estava relacionado à falta de autenticidade do que diziam. Quando falavam, produziam uma desarmonia entre as palavras e os gestos, entre a comunicação verbal e a não verbal. Não é que mentissem, embora alguns fizessem isso descaradamente — não gostaria de generalizar: há políticos e líderes de opinião que exalam honestidade, apesar da rigidez, a anos-luz da desenvoltura esquelética de Obama —, mas nos discursos, por mais bem-argumentados que estivessem, algo cambaleava, alguma coisa que àquela altura eu não sabia como definir. Agora sei, sim, Umiko, graças aos seus ensinamentos. É que eles não falavam com aquilo que os japoneses chamam *hara.* Para mim, como imagino que aconteça com muita gente, a palavra *hara* soava como *harakiri,* o tradicional rito japonês do suicídio. Mas você me explicou que falar com o *hara* não queria dizer falar com as vísceras ou o estômago, mas com o centro vital da pessoa. Ou você fala com seu centro vital ou as palavras que diz não têm nada a ver com o que está comunicando. Eu, então, não sabia, mas ia ficando nervoso à medida que, ao longo da entrevista, constatava este não sei o quê, esta desarmonia: a perna balançando febril enquanto a boca pronunciava palavras de bonança econômica com voz indiferente, o traço manicomial do lápis com o qual a mão desenhava garranchos, os olhos absortos, ou pupilas fixas no canto direito ou esquerdo, em posição de inventar ou fantasiar, enquanto a boca jurava e perjurava que havia armas de destruição em massa no Iraque. Uma parte de mim, bem dentro de mim, se negava a ouvir; mas se me desligasse não poderia voltar a perguntar e faria o meu trabalho mal. Certa noite, contei isto a um amigo economista, enquanto tomávamos umas cervejas, e ele me confessou que tinha rompido com uma deputada com a qual estava envolvido porque à noite no meu programa ela declarara uma coisa e ao se levantar, na manhã seguinte, disse a ele, com o coração na mão, que na verdade pensava justamente o contrário. "É mais sutil", expliquei, "não é necessário que mintam. Quando sinto falta de autenticidade no que me dizem, quando não acreditam de verdade, uma parte de mim quer se desligar e se mandar." "Então deixe de entrevistar políticos e entreviste mulheres ordinárias. Elas se acham o máximo."

Durante as semanas seguintes fui pegando cisma com as palavras ou, melhor dizendo, com o abuso das palavras, com as palavras banais que me davam a impressão de saturar o ambiente, sobretudo — embora não apenas — pelos meios de comunicação. Nossa consciência é um campo de operações para que todos façam suas manobras. Como não podemos andar o dia inteiro com tampões nos ouvidos, nos vemos obrigados a ouvir a eloquência sinistra de gente que fala pelos cotovelos e se esforça para dizer o maior número possível de obviedades. Lao-Tse já vislumbrou essa situação: os que falam não sabem, e os que sabem não falam (embora depois tenha dito que escreveria um livro para revelar tudo o que sabia). Os que falam não sabem: é como se nossa época quisesse encher o vazio existencial com palavras, que junto com os conceitos e as crenças ocultam a realidade. Não são a realidade, e sim um tipo de tela ou filtro entre nós e a vida. Colocamos as palavras acima dos significados. Você, Umiko, tinha me ensinado que o zen usa o termo *mushin*, que significa "não mente", para explicar a maneira de estar no mundo com a mente límpida como um espelho e captar sua natureza original sem a distorção dos conceitos e das palavras. Tudo isso penso agora, com o que aprendi nos últimos meses. Àquela altura, no início da crise, apenas sentia. E a visão do futuro me ofuscava, porque ganhava a vida com as palavras, sobretudo com as dos outros, pois, como você sabe, falo pouco no rádio, tendo mais a moderar e a perguntar. Em casa, quando ligava a televisão e nos assaltava aquele falar por falar dos programas, sobretudo dos esportivos, especulando sobre a derrota de quatro anos atrás, ou sobre as viagens de ônibus para um jogo que seria disputado dentro de três dias, eu começava a ficar nervoso, e minha mulher vinha até o sofá com uma expressão de divertimento ávido e uma aspirina que em contato com a água produzia uma efervescência festiva. Eu sentia falta de autenticidade em boa parte do que ouvia nos meios de comunicação. Era como uma peça de teatro mal representada. Tudo mudou a partir das entrevistas que fiz com o ator John Malkovich e o músico Pascal Comelade. Entrevistei Malkovich graças a uma peça de teatro que ele estava dirigindo em Barcelona sobre Dalí e Freud e, de cara, quando o vi na minha frente, seu jeito me surpreendeu, um jeito que, apesar das sobrancelhas inquisidoras, tão úteis para interpretar psicopatas, apesar do tênis vermelho, da gravata de patinhos e do maço de cigarros Next que suas mãos acariciavam com delicadeza, as mesmas mãos que apoiavam alternadamente o queixo e faziam gestos contidos e admiravelmente ligados à modulação da frase, como se uma parte fixa da mente se ocupasse da coerência entre a comunicação verbal e a não verbal, tinha um pouco de beatífico, como se o ator estivesse impregnado da atmosfera de um mosteiro. Fiz a primeira pergunta, e antes de responder — acho que perguntei sobre a costa francesa, onde vive — ele fez uma pausa longa, muito longa. O mesmo aconteceu depois da segunda pergunta, da terceira, de todas. Não eram pausas dramáticas, destas que costumam fazer os maus atores ou as pessoas que querem fingir que são interessantes. Eram silêncios absortos durante os quais Malkovich pensava. E não só me entusiasmou que um convidado tomasse tempo para pensar, para dizer algo original, para construir frases bem escandidas, melódicas, de uma suavidade perturbadora — um esforço que outro teria considerado uma perda de tempo em um meio em que o que conta é ir direto ao ponto —, como também experimentei durante os silêncios um tipo de paz, de bem-estar leve, como nunca tinha sentido até então.

Procurei mais convidados que deixassem pausas similares, mas afinal optei por fazê-las eu mesmo. No entanto, antes, impaciente como estava para voltar a sentir aquela paz, formulava nas entrevistas perguntas breves, inesperadas (as perguntas breves costumam provocar um silêncio de três ou quatro segundos antes da resposta, uma vez que o interlocutor fica deslocado). Em poucos meses entrevistei consecutivamente dois presidentes da Generalitat que deixaram silêncios que os humanizaram, mas que não me fizeram sentir aquela paz, certamente porque no estúdio havia muita agitação: silêncios de oito e seis segundos, respectivamente, durante os quais um deles, o presidente digamos mais jovem — mas que tinha o cabelo branco e a voz rouca —, olhou pela janela em direção ao bonde da Diagonal com ar ausente de sonâmbulo, como se não estivesse no estúdio nem física nem mentalmente, e o outro, o presidente mais velho, brincou com um clipe que tinha nas mãos, o mesmo clipe com o qual, aliás, e nunca contei isto a ninguém, ele limpou as orelhas quando ficamos sozinhos. Passei a apreciar tanto os silêncios do modo como os entendia então, ou seja, como ausência de ruído — um nível de silêncio superficial, como aprenderia mais adiante —, que incluí no programa uma seção que consistia em transmitir o silêncio ao vivo por meio de uma unidade móvel que se deslocava cada dia para um lugar diferente do país. Cada silêncio era único, tinha sua própria textura, era interrompido por sons diferentes, mínimos, como o da folhagem, do vento suave, de passos ligeiros ou vozes ao longe que o técnico captava à perfeição, bem equipado como estava com o microfone usado para as transmissões de concertos de música clássica e as missas do Mosteiro de Montserrat. E, além disso, entrava em jogo a imaginação do ouvinte quando transmitíamos o silêncio da camada de poeira de um quarto de hotel com a insinuação de segredos e carícias passadas. A seção, no entanto, não durou muito, pois o chefe de programação decidiu que não tinha sentido gastar dinheiro em uma unidade móvel para transmitir um nada. Mas minha obsessão pelos silêncios prosseguiu e se viu recompensada quando entrevistei o músico Pascal Comelade. Como já haviam me avisado de que ele era difícil de se entrevistar, porque falava pouco, a primeira coisa que soltei quando entrou no estúdio, em tom jocoso, foi: "Disseram que você faz os entrevistadores sofrerem." Qualquer outro convidado teria rido. Ele me cravou um olhar longo, receoso. Ao começar a entrevista, já na primeira pergunta — como um homem do campo como ele se sentia na cidade, no meio da multidão —, ele demorou não quatro nem seis nem dez nem vinte segundos para responder, mas um minuto e pouco, uma eternidade no rádio, um tempo infinito durante o qual manteve a expressão arisca com que tinha entrado, fez uma careta, virou o rosto para um e outro lado, alisou o cabelo ondulado, as costeletas, olhou com ternura para a assessora de imprensa, como procurando inspiração, e quando pareceu ter clara a resposta, uma vez adotada de novo a rudeza ingênua que tem em cima do palco quando toca um piano de brinquedo, ainda dedicou alguns segundos a pensar como expressar bem a resposta, como dizer com palavras inteligíveis o que não devia ser sequer uma ideia, mas uma pontada no estômago. Durante aquele minuto longuíssimo fui feliz. Senti o mesmo encantamento proporcionado pela entrevista com Malkovich. Tudo estava bem, apesar do atordoamento do técnico de som, que não sabia o que fazer — os ouvintes deviam pensar que o aparelho tinha quebrado —, e da roteirista, cujo olhar dizia "bem que eu lhe avisei". Não me lembro da resposta de Comelade. As palavras foram o de menos. A partir de então, de alguma maneira imitei os silêncios de Comelade e Malkovich (pouca coisa mais podia imitar), com a diferença de que eles não pareciam sentir muita paz quando silenciavam; Comelade com certeza não. Enquanto eu me calava, em vez de pensar a próxima frase, ou de refletir sobre a música que estava prestes a tocar, em vez de me focar no olhar alterado do técnico de som, ou na luz da lua que entrava pela vidraça que dá para a Diagonal, uma avenida atravessada pelos últimos bondes da noite agitando uns fios vacilantes de resplendor e escuridão, deixava-me levar pelo recolhimento do estúdio, pelo carpete azul das paredes e do chão (o sinal vermelho solicitando cuidado), aumentava o volume dos fones, ouvia minha respiração, o entrar e sair do ar, e tudo ficava bem.

Quando a conheci você me felicitou por aqueles silêncios. Eu, sem saber, estava meditando durante eles. Você me convidou para um curso intensivo de meditação, e, como disse, aceitei para me aprofundar naquela paz. Naquela altura não lhe contei, mas meu primeiro dia de meditação foi um fracasso. E eu fui com a intenção de fazer tudo certo. Sua casa parecia construída no fim do mundo, não só pelo tom dramático e ferruginoso da paisagem, pelos ocres e vermelhos e pela salinidade na parte alta das figueiras e dos pinheiros, não só pela chuva daquela manhã, a luz débil, mas também porque nesta área não vivia nem vive praticamente ninguém. Sua casa me pareceu uma delícia. Que maravilha a fachada branca, com aqueles brancos azulados típicos de Formentera, o branco da cal fundindo-se em um tom violáceo líquido. Enquanto me aproximava pelo caminho de cascalho, de um vermelho-ferrugem que deve ter alguma propriedade estimulante, me perguntei como uma garota que ganhava a vida dando aulas de meditação podia ter uma casa destas. Naquela época eu não sabia que seus pais tinham morrido quando você era adolescente, em um acidente de carro, e que você tinha herdado o dinheiro deles, não muito, mas suficiente para lhe permitir os gastos de aluguel da casa depois da experiência desoladora do mosteiro zen. Éramos quatro pessoas, faríamos a aula na sala, um cômodo polivalente, amplo, o chão de tacos, almofadas vermelhas, um pequeno aparelho que reproduzia um CD de mantras e uma mesinha com chá verde. De cara, a professora Umiko ficou descalça, sentou-se na posição de um buda, desligou o aparelho de som, deu-nos as boas-vindas olhando para cada um dos presentes nos olhos, o olhar enérgico, e nos perguntou o que esperávamos da aula. A temperatura da sala era agradável, apesar de continuar chovendo lá fora. Lembro-me de que as duas primeiras respostas foram: "conhecer-me", e "conectar comigo". E também lembro que eu, para quebrar o gelo, perguntei:

— E se quando eu me conhecer bem eu me desiludir?

Ninguém riu. Com exceção de você, é claro. Sua mente voava tão alto que achava qualquer assunto risível. Explicou-nos que tínhamos ido à sua casa simplesmente "para estar". Aqui não sabíamos "estar": sempre tínhamos que fazer coisas. Embora suas fontes fossem budistas, a meditação que compartilharíamos não tinha nada a ver com religião, apesar de, na verdade, você não considerar o budismo uma religião. Aprenderíamos a acalmar a mente, a desenvolver a concentração, a canalizar as emoções negativas e, com um pouco de sorte, poderíamos perceber a natureza do nosso ser. Em todos e em cada um de nós está contida toda a felicidade, disse, e a única coisa que nos impede de usufruir dela é a própria mente: as crenças limitadoras, os medos, os desejos, as expectativas. Falava vocalizando, compondo as frases com antecipação, sem pressa nem nervos. Acreditava naquilo que explicava, não havia dissonância entre o que falava e como falava. Olhava para nós um a um fixamente, ininterruptamente, com aquele tipo de olhar absorvente que achei que os especialistas em comunicação verbal criticariam, porque segundo eles se olhamos para alguém mais de oitenta por cento do tempo o intimidamos, uma vez que de repente o outro teme que iremos intuir coisas que nem ele mesmo sabe. Segundo você me disse depois, olhava assim para captar o tom vital da pessoa (não porque tivesse fumado um baseado). "Vamos pela vida", continuou, "percebendo a realidade como água de um rio misturada com lodo." O propósito da meditação daquele dia seria conseguir depositar o lodo no fundo para ver a água clara. Para começar, precisávamos estar atentos às fossas nasais, ao ar que entrava e saía por elas. Quanto aos pensamentos, se algum nos assaltasse, o acompanharíamos amavelmente até a saída, sem nos abstrairmos nele. Isto era o que faríamos durante as quatro horas seguintes. Sentaríamos com as pernas cruzadas, as costas retas, a cabeça estirada como marionetes suspensas por fios invisíveis e o nariz alinhado com o umbigo. Pelo menos tentei. As quatro horas me pareceram eternas. Garanto a você que tentei afastar os pensamentos sobre a casa, tão bonita, sobre as palmeiras com um toque masculino, sobre aquela desconhecida que ganhava a vida ensinando as pessoas a não pensar, quando disso já se encarregam a sociedade e a cultura de massas, ou, melhor dizendo, ensinando as pessoas a não dar importância aos pensamentos, como tentavam pôr em prática as duas garotas e o garoto que me acompanhavam e que deviam ganhar a vida como garçons ou tocando violão ou bongôs nos barzinhos da ilha, ou fabricando produtos artesanais, indo de mercado em mercado, dependentes das vendas para sobreviver, um perambular estressante para jovens que tinham ido à ilha procurando a calma e a pureza que a civilização perdeu. Eu tentava afastar estes pensamentos, mas fracassava uma vez e outra, porque quando não me distraía com os pensamentos (também pensei em Carlota; o que devia estar fazendo em Rosellón, no que devia estar pensando); distraía-me olhando para eles, os olhos fechados, as respirações convictas, os pacotes de fumo, o cabelo com rastas, a pele dos pés endurecida, sobretudo a de uma garota que apesar da chuva tinha vindo descalça e que de repente começou a roncar. Minha concentração se foi. Não acho que você tenha percebido, Umiko, mas depois de um tempo eu também dormi.

Como é difícil permanecer atento. A cada minuto perdemos o foco entre seis e 12 vezes. Tudo melhorou um pouco no dia seguinte, domingo. Neste dia estaríamos sozinhos, e se não chovesse meditaríamos na praia. Tinha passado a noite na pousada em um estado de ingenuidade quase angélica, com a sensação de que no dia seguinte reencontraria e prolongaria a paz dos silêncios do rádio. Durante toda a noite tinha relampejado; quando me levantei, havia sobre os campos um véu de névoa muito tênue, mas não chovia. Ao longe, na outra ponta da ilha, o Pilar de la Mola flutuava em uma esponjosidade azulada. O comentário de Carlota —"retifico: suas ouvintes sabem sim como se atirar para cima de você"— tinha deixado um sabor agridoce: ela dificilmente se mostrava ciumenta, eu tinha que deduzir seu ciúme tangencialmente, com tiradas como esta, embora não tivesse certeza de que fosse uma demonstração de ciúme, nem de que fosse uma tirada. Iríamos meditar, pensei, em uma baía situada entre Punta Pedrera e Punta Gavina; felizmente estaríamos longe da enseada de Saona. Como você se lembrará, fazia um dia prodigioso de primavera, e não restava nem vestígio da chuva. Na praia havia uma luminosidade que acentuava o colorido da paisagem, a qualidade dourada da areia, e perto das rochas o mar estava agitado. Tínhamos combinado de nos encontrar diretamente na baía, pois você queria ir de bicicleta; eu fui de moto, sem capacete: tinham-no roubado no dia anterior no porto, enquanto eu comprava um chapéu, poucos minutos depois de alugar o ciclomotor (na sua ilha virou moda roubar capacetes). Quando nos encontramos, depois dos dois beijos, quis comentar algumas dúvidas sobre a meditação do dia anterior, mas você respondeu que era melhor não falar antes da prática, que faríamos isto depois, porque "falar romperia o equilíbrio" (em compensação, agora, durante esta noite e madrugada, você quer que eu fale). Um doce aroma mentolado impregnava sua camisa de linho branco. Já sentado na areia — a maldita postura — você me ajudou a alongar o pescoço e a cabeça, como se tivesse que tocar o céu com o cocuruto. "Desta maneira, a circulação do *chi* fluirá", murmurou, a voz com modulações de ternura, como se falasse com uma criança. Depois me disse que deixasse descansar a língua em contato com o palato e tentasse adaptar a respiração ao ritmo das ondas para que o ar do mar entrasse no meu interior, transmitindo-me "a paz de um oceano, que vai além do pensamento". Não pude evitar responder: "não é muito difícil ir além do meu pensamento." Você riu, dobrou a camisa, sentou-se em cima dela balançando o corpo, procurando um ponto de equilíbrio natural enquanto dirigia os olhos para o horizonte, movendo os ossos, se espreguiçando. "Perdemos o contato com o horizonte. Passamos muito tempo entre paredes." O mar tinha uma doçura acariciante, apesar da pequena brisa insistente e do branco da espuma da água que batia nas rochas das encostas, realçando a grandiosidade natural do lugar. Depois de uns 20 ou 25 minutos, quando já tinham me assaltado pensamentos de todo tipo, começando por tudo o que não sabia de você, que vida havia tido antes de chega à ilha, se sempre tinha sido tão calma ou tinha mudado depois do período no mosteiro zen, passando pelo meu medo de voltar a repetir o fracasso do dia anterior, e terminando pela roupa que você usava naquela manhã, uma roupa de Lycra muito justa, talvez demasiadamente, quero dizer, marcava muito seu corpo, até os mamilos, coisa que não condizia com sua aparência minimalista, embora fosse, é claro, minimalista — depois que esses pensamentos me assaltaram, você me disse, sem deixar de olhar para o horizonte, que a mente é como o mar: quando o vento sopra há grandes ondas que sobem e descem, mas quando o vento se acalma as ondas diminuem, e então a mente, quando você não a agita, tem a claridade da água e se transforma em um espelho onde pode se refletir: "Agora há muitos pensamentos na sua mente, mas se não lhes der importância eles irão desaparecendo até que conseguirá uma mente clara como um espelho que reflete o que está ao seu redor." Você precisa saber que pensei: não entendo o que ganho sendo um espelho, eu gostaria de ser eu mesmo vividamente e não um espelho (Umiko está me propondo uma felicidade anestésica). Mas não pense, ouça, tente adaptar sua respiração às ondas. Deixe que o azul silencioso deste cenário natural entre pelos sentidos ou pelos poros ou por onde quer que seja. E, justo depois de pensar isto, ouvi um zumbido. Uma abelha revoava ao meu redor. A respiração ia mais depressa do que as ondas, também a pulsação do coração. A abelha ia e vinha, e quanto mais pensava nela, mais vinha e menos ia (os pensamentos são como um ímã). Você continuava concentrada na linha do horizonte. A abelha perto dos meus pés, da perna. E foi quando se aproximou do abdome, atraída, suponho, pelo suor em torno do umbigo, que abandonei a postura, espantei a abelha com o chapéu, e o exercício acabou. Você se virou, rindo, e começou a aplaudir.

— Muito bem! — exclamou. — Enquanto estava atento à abelha não pensou em mais nada. Você meditou. Trouxe você para esta baía porque aqui há muitas abelhas.

Depois aprendi que é comum que os bons meditadores incluam na prática abelhas e mosquitos para integrar o formigamento das pernas ou mesmo a ferroada do inseto como mais uma sensação que se dissolverá de um momento para o outro, a dor como objeto de meditação, da mesma forma que também se dissolverá o temor, o medo da picada, ou de engolir o inseto acidentalmente. Uma vez dissolvido o temor surgirá outro pensamento ou sensação, uma fantasia, uma lembrança, um desejo, o desejo de abandonar aquilo porque estou me aborrecendo, mas depois de alguns minutos esse aborrecimento vai embora e vem a irritação, e me zango comigo mesmo porque sou incapaz de meditar, ou por estar na praia um fim de semana perdendo tempo diante do mar. Quando lhe digo que estou zangado — sem concretizar o motivo — você me responde que agora é um bom momento para sentir o calor da ira, que faz centrifugar a energia. Até que, após alguns segundos, esta energia agressiva se dissolve e se transforma em outra que tem forma de pensamento, sentimento ou emoção, que também se dissolverá em pouco tempo, e assim toda a meditação e toda a vida. Por isto, é uma tolice apegar-se ao que quer que seja, porque tudo se vai. Só há um lugar onde aferrar-se, disse-me depois da segunda ou terceira aula aqui, na sua casa, enquanto tomávamos chá: "o espaço onde tudo transcorre. De alguma forma nós somos este espaço." Eu comentei que Joan Vinyoli tem um poema que diz como somos transparentes. Você prosseguiu, como se eu não houvesse dito nada: "Podemos nos conectar com este espaço por meio do silêncio que há entre os pensamentos." Bebi um gole de chá. Não era a primeira nem seria a última vez que eu tomaria chá enquanto ouvia afirmações deste tipo. Era uma maneira inconsciente de dissolver o ceticismo que se acomodava no meu estômago. Lembro-a de que naquela época eu desenvolvia urticária só de ouvir a palavra autoajuda.

Pela manhã, na areia, enquanto aquelas afirmações contundentes faziam parte da lição prática, tudo fluía, apesar dos pensamentos críticos que me assaltavam de vez em quando. Porém, à tarde, sentenças insossas desse tipo pareciam mais difíceis de digerir. Não porque fossem declarações extravagantes ou inverossímeis, mas sim porque eram muito bonitas. E pronunciadas assim, daquela maneira, como se fossem mantras ou slogans eleitorais — salvando as infinitas distâncias entre os mantras e os slogans eleitorais —, sem nenhuma argumentação nem matização posterior, pareciam-me frases e nada mais. O escritor Jorge Luis Borges, diante de uma afirmação muito bonita, ainda que fosse de sua própria autoria, costumava dizer: "É só uma frase." É claro que você poderá rebater dizendo que no Japão qualquer mestre zen deve fazer afirmações como estas, frases que, por menos que se matizassem, perderiam seu sentido original, granítico. É claro que você mesma devia tê-las aprendido de algum mestre. Mas às vezes pensava — desculpe — que você as tinha lido em algum manual de autoajuda que reproduzia o que algum sábio havia dito. É claro que você dizia isso com a melhor das intenções — ainda sou grato por me convidar e me presentear com seu tempo —, mas não conseguia evitar aquele desconforto no estômago. Tinham um tom de filosofia barata. Não sabia até que ponto seus conhecimentos provinham do mosteiro zen ou dos livros de autoajuda; pelo que eu havia entendido, os monges budistas falam pouco, e você, na verdade, falava pelos cotovelos. Talvez meu ceticismo estivesse influenciado pelo lugar onde nos encontrávamos, seu escritório, que naquela hora tinha um quê de tristeza, com uma luz vaporosa tingida de cinza (nos seus cabelos negros parecia *pelusilla*). Ou talvez influíssem as figurinhas do Buda que você tinha e tem, as caixas de incenso, a dúzia de vidros de florais de Bach, as pedras vermelhas e verdes, o relicário, um mandala, um livro do *I-ching*, fotografias do Dalai Lama e duas grandes prateleiras de metal com livros, onde observei muitos manuais de autoajuda.

Você tinha lido para mim trechos de dois manuais, de Deepak Chopra e Eckhart Tolle. Chopra dizia como o silêncio entre os pensamentos é a via de conexão com a energia do universo, a mesma energia que faz mover os planetas e as estrelas. Quanto a Tolle, que, aliás, você foi ver em Barcelona, afirmava que a humanidade está vivendo uma mudança de consciência: durante milênios a mente humana foi possuída pelos pensamentos, por um pensamento atrás do outro, ou seja, a completa identificação com a mente, e isto agora está mudando, porque há cada vez mais gente que acha que não somos os pensamentos, mas algo mais. "Tolle é um homem otimista", falei, "acho que as pessoas continuam do mesmo jeito." "Pois eu penso como ele", respondeu. "Se não, 3 mil pessoas não teriam ido vê-lo em Barcelona, apesar de nenhum meio de comunicação ter mencionado sua visita." Você riu, como diminuindo o peso da frase, e continuou lendo no azul cada vez mais denso do entardecer. De vez em quando me olhava sem dizer nada; para ser exato, olhava para as minhas mãos. Quando levantava a cabeça da caderneta me dava conta de que suas pupilas estavam cravadas nas minhas mãos, sem se mover, como se você aproveitasse aqueles pequenos momentos para meditar, fazendo das minhas mãos seu objeto de meditação.

Imagino que você se lembre da situação incômoda que vivemos na última tarde do curso, antes de nos despedirmos. Foi por minha culpa, eu não devia ter sido tão brusco, nem sincero. Mas é possível que sobrevalorizemos a sinceridade, um conceito que não sei muito bem o que significa. Como temos aproximadamente 60 mil pensamentos por dia, se quiséssemos ser sinceros, teríamos que dizer todos em voz alta, ou pelo menos todos os que atingem uma determinada pessoa ou situação: posto que os pensamentos são contraditórios, nossa sinceridade nunca seria nem branca nem preta, mas cinza e caótica. O fato é que você já havia me contado tudo o que tinha que me contar, e eu tinha agradecido por sua amabilidade e paciência. Agora já dispunha das ferramentas para começar a prática da meditação por minha conta, em casa, como se fosse uma rotina de ginástica, até que com o tempo, disse, ganharia equanimidade. Com o tempo encontraria paz para viver, deixaria de ser um escravo das circunstâncias, a felicidade já não dependeria do que acontecesse ao meu redor. Mas, antes de nos despedirmos, como havia tempo de sobra antes de eu pegar o barco e o avião, você me convidou para assistir a um DVD que acabara de ganhar de presente de sua amiga Pema. "É um documentário promissor", disse. Acompanharíamos a sessão com uns biscoitos de cabelo de anjo que você mesma tinha feito "especialmente para a ocasião". Agradeci de novo e me sentei no chão, em cima de umas almofadas enormes da loja Natura e diante de um pequeno aparelho que você só usava para ver documentários selecionados, como aquele. O DVD durou mais de uma hora. Eis aqui o meu resumo: "há um segredo universal que permaneceu escondido durante séculos, apesar de todas as personalidades que triunfaram terem acesso a ele", de compositores a empresários multimilionários, passando por místicos como Gandhi. O segredo é a chamada lei da atração, ou seja, o método para atrair para a nossa vida aquilo que desejamos, tanto em termos de saúde como de dinheiro ou amor. Mesmo que sejam desejos aparentemente impossíveis. O documentário se baseava em frases das seguintes testemunhas: um "visionário", o "criador" do programa *Wealth Beyond Reason*, um "estudioso dos princípios da verdadeira riqueza e prosperidade" e coautor da "bem-sucedida" série *Chicken Soup for the Soul.* Joe Vitale, um metafísico que tinha sido indigente, declarava: "Você atraiu todas as coisas que o rodeiam neste momento na sua vida, inclusive aquelas que mais lamenta. Sei que você achará esta ideia incômoda, mas digo isso na sua cara." Também atraímos, segundo o documentário, as doenças. Havia um capítulo dedicado à saúde: como curar as próprias doenças. Quando apareceram os créditos, a verdade é que não me atrevia a olhar para você. A sensação que se instalara no meu estômago ia muito além do ceticismo. Era como se tivesse tomado uma mistura de álcool barato. Você, Umiko, com a fisionomia expectante, me perguntou o que achei.

— Para falar a verdade — respondi —, achei uma americanice.

— Pois eu adorei — disse, com um semblante risonho. — Está explicado de uma maneira um tanto sensacionalista, mas concordo totalmente com a essência do que é dito.

Não sei se me surpreendeu mais o fato de você ter gostado ou a inocência e naturalidade com que disse isto. A brisa lenta agitava as cortinas e uivava na esquadria da janela. Percebi que estava com os lábios franzidos, sentia raiva. Exasperava-me que uma mulher sensível e inteligente como você pudesse dar crédito a uma americanice como aquela, e que uma americanice como aquela tivesse vencido. Agora sei que sentimos raiva porque temos expectativas muito elevadas sobre como os outros deveriam ser. Quando a emoção nos domina, teríamos que sair para dar uma volta, mas nunca expressá-la diretamente a quem a provocou (no fundo nós mesmos a provocamos), porque é como jogar-lhe um balde de água fria. E imagino que foi isto o que eu fiz, Umiko. Não tanto pelo que disse, mas pela maneira como disse. Você deve ter notado uma forte carga de indignação na minha voz e no meu rosto.

— Umiko, sinto lhe dizer isto porque noto que a entusiasmou, e digo com todo o respeito, mas não entendo como uma mulher inteligente como você, que conhece este tipo de assunto, pode gostar deste amontoado de fórmulas prontas. Como os monges zen quase não falam, às vezes acho que você precisa recorrer aos manuais de autoajuda para armazenar um pouco de teoria, porque eles não lhe deram isto. Ali não há nenhum tipo de rigor. Fazem acreditar que tudo depende de você. A maneira como falam é um insulto à inteligência do espectador. Na verdade, todo o DVD é um insulto à inteligência do espectador.

Seu rosto se apagou. Foi a primeira vez que a vi séria. Pediu-me que a desculpasse, que ia ao banheiro. Quando voltou a pele ao redor dos seus olhos tinha um tom arroxeado. Ofereci um lenço, e você o recusou com um gesto elegante de desdém.

[Terça-feira, 21] *Vou embora. Deixo tudo. Estou aqui há quase duas semanas e esta deve ser a quarta ou quinta vez que penso realmente em ir embora. Talvez não realmente; até escrever neste papel eu não tinha clara a ideia de que o melhor seria desistir. Acho que o mestre não gostaria de saber que estou escrevendo. Tampouco gostam que eu leia além da conta. Ainda não sei como o mestre se chama. Kazuo-san me sugere que não leia muito, porque corro o risco de acabar vivendo através dos olhos de outro. Quer que me concentre no presente. Na verdade, por isto vim. E para saber quem sou agora, no instante em que escrevo estas reflexões com a caneta que meu pai me deu de presente. Do zen me atrai a radicalidade. O fato de que seja uma prática radical, ambiciosa, cujo objetivo é libertar a pessoa de todas as suas identificações. Cortar os laços que nos prendem, que nos aprisionam. Abrir portas além do intelecto. Espero os koans ansiosamente. A expectativa do koan é o que me impede de ir, junto com a intuição de que vou encontrar algo mais se me aprofundar no meu interior. Somos maiores do que nos dizem. Se eu escavar o meu interior, talvez me sinta em casa. Nosso único problema é a nostalgia do verdadeiro lar. Quero me sentir no meu lar neste corpo que ultimamente muitos homens tocaram. Quero me sentir em casa, esteja onde estiver. Precisava de uma ruptura radical, por isto vim. Por isto aceito este ascetismo. Tenho dois futons. Em um durmo e no outro coloco a roupa, bem dobrada; também aí me deito para ler e escrever. Muito grande, este quarto, para uma pessoa só. Eu gosto das paredes de madeira, da imperfeição da porta de correr que às vezes salta dos trilhos sobre os quais está montada. Eu gosto da imperfeição das vigas de madeira do teto, troncos de árvores pouco trabalhadas. A imperfeição da janela muito pequena comparada com o teto, muito alto. Sorte da janela. Deixa-me fugir, ver o caminho que vai até a cozinha. Também me deixa ver as flores cor de laranja do Nag Champa. E, sobretudo, me permite abstrair diante do bordo, com as típicas folhas de outono, que parecem estrelas vermelhas. Aqui o tempo, este conceito curioso, não passou. Aqui a globalização não chegou; continuamos instalados no mundo de antes, da época dos meus avós. Não há mesas nem cadeiras. Talvez alguém tenha uma conexão de internet escondida para fazer compras; ou não, porque não há compras para fazer. Quando um empregado de alguma indústria de alimentos nos traz restos, restos em série, os monges pulam de alegria. Eu gosto deste isolamento. De um lado da porta há um vaso com um cipreste hinoki, um bonsai típico da região. Terei que cuidar dele durante o ano que passarei no mosteiro — se não for embora antes. Do outro lado há uma prateleira feita a mão por um carpinteiro não muito hábil, cheia de irregularidades, que serve para apoiar o bule e a xícara de madrepérola, decorados com caracteres chineses. Há também duas tigelas de madeira, uma com água e uma flor de lótus, e outra com pedregulhos cinza. Devem ter pego a flor de lótus no lago, a meio caminho entre o mosteiro e a casa do mestre. Um lago que exala grandeza. Quanto aos pedregulhos, são iguais aos das margens do caminho de madeira que leva à sala de meditação e à cozinha. O lago é imenso, cheio de peixes e de flores de lótus, que evitam que haja muitas algas e ajudam a manter a água fresca, inclusive no verão, conforme me conta Kazuo-san. Eu, por enquanto, não pude comprovar as qualidades térmicas da minha flor de lótus, porque a temperatura do outono já mantém a água gelada. Dou-me conta de que talvez, examinando tudo o que há no quarto, estou meditando. Como quando o monge nos ordena que examinemos todas as partes do nosso corpo, como se a mente fosse um escâner. Mas ele não tem nem ideia do que seja um escâner. Não preciso desta técnica para perceber que minhas pernas estão formigando e parecem recipientes cheios de agulhas. Muitas horas meditando na posição de meio lótus. Dizem que dentro de alguns meses poderei conseguir a posição de lótus, e talvez dentro de alguns anos o duplo lótus. Dizem também que tenho sorte de ser mulher, porque as mulheres são mais flexíveis. E dizem que, se trabalhar duro, com o tempo nada doerá, que não sentirei frio nem calor. Poderei meditar no meio de um campo gelado ou em cima de brasas. Mas já faz duas semanas que estou trabalhando arduamente e não noto nenhuma melhora.*

Acordo às 4 horas da madrugada, levanto-me rapidamente com a sensação de ter dormido cinco minutos, lavo o rosto com água fria, visto-me e vou para a sala de meditação. Tenho que sair, e faz um frio terrível. Quando chego à sala de meditação me descalço, faço uma reverência para a estátua do buda da meditação, uma reverência para o monge que nos controlará durante as três horas seguintes — ele se zangaria se soubesse que digo que ele nos controla; teoricamente nos acompanha, mas na prática nos repreende se nota que nos distraímos —, e também faço uma reverência à almofada sagrada sobre a qual, supostamente, me chegará a iluminação. E então começa a maldita dor. Vai de menos a mais, e de mais a menos; assim durante as três horas de meditação. Depois saímos, fazemos alguns exercícios de alongamento, e vamos tomar o café da manhã. Arroz, fruta, iogurte, depois de ter cantado os sutras correspondentes. Quando terminamos cada um vai trabalhar. Na horta, no jardim, na cozinha. Depois me permitem fazer uma sesta de meia hora, um tempo muito valioso que estou esbanjando escrevendo estas linhas. Em seguida vou para a cozinha, trabalhar um pouco mais antes de almoçar. No que diz respeito à comida, há pouca variedade. Não há carne, porque estimula a agressividade. Há verduras cozidas, verduras refogadas, verduras condimentadas. Com um pouco de sorte há arroz e macarrão. Mas tudo leve, porque depois começamos de novo: mais três horas de meditação, e mais três horas antes de jantar. Uma disciplina muito dura, mas não é isto o que me assusta. Tenho medo de estar perdendo tempo, de sair daqui sem ter aprendido nada. Tenho a sensação de ter aprendido mais com a tradução de livros de introdução ao zen do que com os especialistas em zen. Aqui não há teoria que valha. Embora, talvez, a teoria seja ministrada na casa que está do outro lado do jardim. Depois da meditação da manhã, os monges, sem exceção, fazem fila diante daquela casa. Uma casa pequena, de madeira, com duas rochas colossais na frente, cobertas de musgo. Ali vive o mestre. Os monges vão visitá-lo todo dia, mas isto me é proibido.

Os monges fazem coisas que são proibidas para mim. Eles avançam, e eu fico para trás. Não lhes custa muito se manter acordados durante a meditação, embora Kazuo-san me diga que todos dormiram alguma vez. Isto não me conforta. Se pelo menos pudesse dormir sem cair... Ontem, durante a meditação da manhã, depois de uma luta feroz, o sono me venceu. Posto que ainda não domino a posição de meio lótus, caí e bati com a cabeça fortemente nas costas do monge que meditava na minha frente. O monge que nos controlava se zangou comigo e me mandou para a cozinha trabalhar. Não entendo para que serve tanta prática, se acabam se irritando da mesma forma, como qualquer mortal. O fato é que acho que estou retrocedendo. Nem sequer posso falar com o mestre para me aconselhar. Vim ao mosteiro por ser mitômana e imatura, e estou pagando por isto. Estou com uma perna dormente, mesmo que fique deitada ou de joelhos. Agora mesmo, apoiada na parede, sinto vontade de cortar minhas extremidades. Às vezes, à noite, tenho cãibras tão fortes que tenho que me morder para não gritar. As veias das pernas incham; parecem que vão explodir. Mas o pior não é isto, porque afinal a dor física acabará desaparecendo. O pior é estar há quase duas semanas no mosteiro e não ter aprendido nada. Kazuo-san diz que ainda estou cheia dos valores de fora. Que tenho muita pressa. Que a aprendizagem, para que seja verdadeira, precisa cozinhar muito lentamente. Kazuo-san diz que neste momento sou uma xícara de chá furada: por mais que coloque chá, nunca se enche. Por isso, segundo ele, antes de qualquer coisa tenho que consertar a xícara. Uma vez que a xícara esteja em condições, o conteúdo não vazará por nenhum lugar e eu me encherei do chá da sabedoria. Por enquanto, Kazuo-san é o mais próximo de um mestre que tenho. Eu achava que seria diferente, que o mestre do mosteiro seria mais acessível, disposto a solucionar as dúvidas dos discípulos. Mas já faz duas semanas que estou aqui e só falei com ele no dia em que cheguei. Depois o vi pelos jardins do mosteiro, andando como se levitasse, com o sorriso estampado no rosto, vestido com um hábito simples de mangas longas que não é exatamente um quimono. Quando o vejo, enquanto trabalho na horta ou limpo o jardim ou ajudo a cozinhar, só posso me inclinar diante dele, mas não posso falar com ele. São as ordens que recebi do monge maior, que nos controla na sala de meditação e nos corrige. Não posso falar com o mestre enquanto ele não falar comigo, ou me mandar chamar. Mais de uma vez fiquei tentada a me jogar em cima dele e soltar todas as minhas dúvidas. Pergunto-me o que aconteceria. Se continuaria sorrindo, ou mudaria a expressão. Se me responderia, ou se iria embora, com seu andar vaporoso.

Desde que entrei no mosteiro noto que estou mais nervosa. Antes nunca teria me passado pela cabeça a ideia de me jogar em cima de ninguém. A meditação me estira como uma corda de violino. E não consigo me concentrar. Eu gostaria de poder falar com o mestre, porque Kazuo-san só sorri e pede que seja paciente. Quando cheguei ao mosteiro Kazuo-san me recebeu, perguntou-me o que queria, eu disse que queria falar com o mestre para perguntar se podia ficar um tempo ali e aprender os ensinamentos do zen-budismo de Rinzai. Falei assim, com convicção infantil. Kazuo-san sorriu e não disse nada. Depois de alguns minutos um homem alto apareceu, de uns 50 anos, que coincidia muito com a imagem que eu tinha de um mestre. Eu os imaginava mais velhos, centenários. Seus olhos eram doces e líquidos, como azeite. Fiz-lhe uma reverência, uma breve inclinação, e quando queria lhe contar por que eu gostaria de passar uma temporada no mosteiro, ele, com voz suave, mas seca, se adiantou, disse que não aceitavam hóspedes no mosteiro, e me desejou um bom-dia. Dirigiu umas palavras que não entendi a Kazuo-san, o discípulo fez uma reverência, e desapareceram. Então comecei a chorar. Nada a ver com o choro atônito do dia em que um funcionário ligou me informando sobre o acidente de carro dos meus pais. Havia me custado muito tomar a decisão de romper com tudo e vir para o mosteiro. Não tinha acabado de me decidir, atrelada como estava à vida confortável que levava. Bem, confortável mas cheia de tentativas de escapar do futuro. Agora com mais perspectiva, vejo que minhas relações com os homens eram tentativas de escapar do futuro, com a finalidade de não aceitar a impossibilidade de me apaixonar. Deitava-me com eles, e no dia seguinte era um calvário de arrependimento. O sexo tinha sido anestésico. No dia seguinte as feridas existenciais continuavam intactas. Os corpos, um em cima do outro, tentavam aliviar feridas existenciais; que ingênuo. O trabalho era como um refúgio, embora eu tivesse estudado tradução com a esperança de levar para a cultura japonesa os melhores clássicos do inglês e acabava traduzindo manuais de autoajuda. Pagavam-me muito mais para traduzi-los; além disto, não eram livros que eu menosprezasse. Sempre gostei dos clássicos e dos manuais de autoajuda. É uma mistura que alguns amantes, ao vê-la na estante da minha casa, criticaram. Mas eu sempre digo a mesma coisa: a arte e a vida se complementam. Os clássicos são arte, e os manuais de autoajuda são vida. É uma afirmação trapaceira, eu sei, porque qualquer obra de arte exala vida. Os manuais me ensinaram a descarregar a ira, a aprender a dizer não, a administrar o medo, a ser mais amável. Mas não me ajudaram a conseguir amigos, amigos e nada mais, homens que não quisessem me levar para a cama. Também não ensinaram a meditar — e eu havia traduzido livros sobre meditação. Também por isto vim para o mosteiro. A cabeça ia a mil por hora. Estava cansada de mim mesma. De viajar comigo mesma. De viver comigo mesma. E de traduzir como uma louca. Uma busca inesgotável de sinônimos e expressões concretas. Um olhar com lupa para um alfabeto diferente do meu. Encontrar a expressão exata. Passava dias trancada em casa, sem me relacionar com ninguém, traduzindo as páginas que me autoimpunha para entregar o livro a tempo. Tinha me enclausurado desde que meus pais morreram, justo quando terminavam de comprar a casa em Nara, uma cidade famosa pelo brotar da sakura, a flor da cerejeira. Tinha me enclausurado, mas me encontrava e me encontro muito bem na solidão, muito bem. Todos os homens que passavam pela casa me condenavam por isto. Tampouco eram muitos; os amantes habituais para uma garota de 20 e poucos anos que não quer compromisso. Homens solteiros ou casados, com namorada ou sem namorada. Namoradas diligentes que sabem cozinhar. Meus amantes só tinham um ponto em comum: mãos lindas.

A primeira coisa que me chama a atenção em um homem são suas mãos. Não me importa que tenham dentes caóticos, barriga de buda, ou pouco cabelo, e que não tenham lido nem um único livro. Não ficava com eles para ter conversas de alto nível; de fato, às vezes sentia que os usava. Esta sensação me assaltava às 3 ou às 4 da madrugada, quando tínhamos terminado o sexo e eles queriam ficar dormindo. Não sabia como pedir a eles que, por favor, fossem para casa, que não era que eu não gostasse, mas queria ficar sozinha, e não com um corpo com o qual não gostava de compartilhar o café, as torradas, a manteiga, a sugestão de solidão da mesa quando amanhece. Acho que no fundo não procurava a carne, mas o afeto. Cortava a carne como se fosse uma cebola, procurando algum centro por baixo das camadas. Finalmente, me dava conta de que as camadas da cebola não são o envoltório de um centro. E tudo começava com as mãos dos homens, mãos masculinas, firmes, bem-feitas. Eu gostava sobretudo de mãos com pelos. Não é fácil encontrá-las.

Lá, plantada na porta do mosteiro, chorei. Tinha que voltar para casa. Não queria ir a nenhum outro mosteiro. Tinha que ser aquele. O mesmo mosteiro que há cinquenta anos tinha acolhido o poeta da geração beat Gary Snyder, amigo de Jack Kerouac até que as diferenças entre os dois se tornaram intransponíveis. Kerouac era a superficialidade, o hedonismo, a adolescência prolongada. Snyder era a profundidade, a felicidade serena. Kerouac era eu mesma. Snyder era aquele em quem eu queria me transformar. Em 1956, cansado da vida fácil, Snyder foi viver no mosteiro que me acolhe, para formar-se no zen-budismo Rinzai. Seguindo este caminho podemos conseguir a iluminação do satori por meio da meditação e da resolução de koans. Os koans, para quem não sabe — nota, caso este diário chegue um dia a ser publicado — são enigmas que o mestre propõe e que não têm uma solução lógica. Eu era uma mitificadora, e tinha que ser este mosteiro o que me acolheria, nenhum outro. E agora eu estava chorando na porta. Não sei como, mas, de repente, uma sensação de coragem me invadiu: alguma coisa muito forte dentro de mim disse para não ir embora. Tampouco tinha nada melhor para fazer, tinha entregue o último livro, e as editoras com as quais trabalhava sabiam que eu estaria um ano fora; deixaria de ser uma fábrica de traduções durante esse período. Ninguém me esperava em casa. Sempre fui uma mulher de poucos amigos. E a maioria dos amigos, depois de um tempo, se transformava em amantes. E deixavam de ser amigos e amantes depois de três ou quatro meses, ou cinco ou seis no máximo, quando cansavam de esperar alguma aproximação da minha parte. Nem chegava perto de me apaixonar. Doía-me, sentia-me culpada porque não respondia seus e-mails nem suas ligações no ritmo que eles desejariam; ou porque lhes pedia por favor que fossem embora, porque queria dormir sozinha. Não, aquilo não tinha nada a ver com eles; eram coisas minhas. Mas tudo isto já é passado: agora eu estava diante do mosteiro, como quem tivesse sido expulsa antes de entrar. Os monges não me queriam ali. Sentei-me no chão, em meio às folhas do começo de outono. Havia muitas. Fiquei um bom tempo ali, no meio das folhas, encolhida. Olhava para o jardim, cheio de flores: a arália, formada por pequenos pregos brancos que brotam do centro; os crisântemos brancos, vermelhos, amarelos; os bordos de folhas vermelhas, os salgueiros chorões, o Nag champa. Por trás das árvores sobressaía o mosteiro, com as pontas do telhado levantadas para o céu, como uma gueixa segurando o vestido ao descer as escadas. Fiquei absorta por um bom tempo, horas, diria, até que me cansei e comecei a trabalhar no jardim. Arregacei as mangas da camisa, coloquei a bolsa em cima de uma pedra, e comecei a recolher folhas do chão.

Toda manhã, quando passo pela entrada do mosteiro para ir à sala de meditação, recordo da minha imagem colhendo a folhagem. Folhas vermelhas, alaranjadas, amarelas, todas pequenas. Toda manhã me lembro de quebrar com a mão os ramos secos, e esta visão, não sei por que, me dá forças para enfrentar as três horas de meditação, os músculos fervendo. Passei horas arrumando o jardim. Tirando as folhas secas do bambu, arrancando o musgo maltratado das pedras. Até que escureceu e parei. De vez em quando um monge passava em frente, sorria para mim, continuava seu caminho. Comecei a intuir que o sorriso de um monge budista não é nada pessoal, mas a representação visível ou a metáfora de algo que está mais além e que desconheço. Chegaram a noite, o sono, a fome, o frio. Fiquei encolhida no vão da escada. Cobri-me com um pulôver. Não queria voltar para casa. Tentei dormir. Então, tudo começou a mudar. Estava sonolenta quando o monge que tinha me recebido — agora sei que se chama Kazuo-san — se plantou diante de mim oferecendo um sorriso, com um prato de verduras refogadas na mão. Deixou-o ao meu lado, como se deixasse comida para o gato, e foi embora com rapidez felina. De-

duzi que estava fazendo uma coisa que não era permitida. Aliás, enquanto me deixava o prato, observei suas mãos: eram pequenas e femininas. Naquela noite devorei as verduras e dormi profundamente. Na manhã seguinte despertei com passos ao meu lado e algumas risadas: uma dúzia de monges me olhava do jardim. Levantei-me, os ossos doloridos; retribui o olhar e vi o mestre. Sacudia as árvores. Os ramos se agitavam e deixavam cair folhas e mais folhas que se depositavam brandamente no chão. De novo o jardim ficou como um tapete. A imagem era esplêndida, com o mestre envolto no traje de mangas longas e as árvores em movimento deixando cair as folhas avermelhadas e amarelas, mas eu me indignei: o chão estava como no dia anterior, como se eu não tivesse recolhido as folhas e minha tarefa não tivesse servido de nada. Sem me dar tempo para reagir, Kazuo-san pegou minha bolsa, o prato vazio, e entrou no mosteiro, seguido dos outros monges. Quando estavam todos dentro e no jardim só restávamos o mestre e eu, ele se aproximou, deu-me a mão e disse: "O resultado não tem nenhuma importância. O que verdadeiramente importa é o trabalho que fez. E eu lhe agradeço por isto." E me conduziu com delicadeza para o interior do templo.

No jardim, quando terminei de ler as primeiras páginas do diário, debaixo da pequena lâmpada da entrada, pensei que não julgaria nada do que você escreveu. Havia um mosquito, afugentei-o, voltou. Decidi que o zumbido seria uma boa prática meditativa, que se me picasse eu aguentaria, e com um pouco de sorte a dor leve serviria para meditar alguns instantes em frente às palmeiras, as folhas batendo, e ao longe o vento furioso no mar levantando uma nuvem de espuma, como pó de partículas de vidro. Preferiria uma noite mais quente, o ar imóvel, sem as ondas se empurrando, saltando uma em cima da outra, como você deveria fazer com os homens com quem se deitava antes de entrar no mosteiro, um corpo montando o outro, o que me parece magnífico, tanta experiência de vida, e mais ainda se virmos isto a partir da perspectiva atual, pobre Umiko. Melhor dizendo, não me parece nem bom nem mau, porque não tenho intenção de julgar nada do que irei ler. Você bem sabe que o ego adora julgar para nos fazer sentir diferentes, superiores aos outros. As bandeiras, as pátrias, os times de futebol têm este mesmo poder, o de nos outorgar uma identidade própria, uma ilusão. Não é preciso que eu lhe diga que as primeiras páginas do diário mudaram minha percepção do seu passado recente, pois eu pensava que era arcádico (o leão ao lado do cordeiro, a rosa sem espinho) e que você carregava a serenidade nos genes. Justamente o contrário, a serenidade para você foi uma conquista. Minhas peripécias com a meditação não são nada comparadas com as suas. Deixe-me mudar de assunto: acho que finalmente estou falando com a voz que tinha me pedido. Falta pouco para gerar a vibração especial. Pema, se soubesse, estaria contente. Dedicou alguns minutos dessa tarde para me explicar como se gera esta vibração. Segundo ela, há um sinônimo — "talvez você o conheça", me disse — que se costuma utilizar nos âmbitos místicos: "um estado elevado de consciência." Eu tinha ouvido falar disto, embora o associasse a práticas mais elevadas do que a uma simples meditação. Pois bem, aqui é onde eu deveria chegar para que a primeira parte da noite desse certo.

— Pema, isto soa muito grandiloquente. São necessários anos de prática. Não saberia nem por onde começar.

— Não é nada do outro mundo, meu caro. Muito menos para um bom orador como você.

— Não tenha tanta certeza. Um dia, em cima de um palco, me deu branco. De repente tive muco no nariz. Não acho que seja um bom orador. O que faço melhor é ouvir. E ultimamente nem isto, porque quase tudo me parece papo furado.

— Certamente é um bom orador. Umiko me disse. Eu não posso ouvi-lo pelo rádio porque tenho clientes na terapia, mas dá para notar que você fala muito bem. De um modo espiritual.

— Você diz isto porque eu me calo. Minha especialidade são os silêncios, e os silêncios são magníficos porque cada um os interpreta como quer. Se você for inteligente, achará que parecem silêncios inteligentes. Se for indeciso, parecerá que hesito.

— Seja como for — prosseguiu Pema, com intenção claramente pedagógica: eu era um analfabeto nas questões que ela dominava —, você deve saber que qualquer bom orador, no momento em que fala perante um auditório e consegue se conectar profundamente com o público, está gerando um estado elevado de consciência. Porque obviamente alguma coisa muda no ambiente. O mesmo acontece com os cantores, os músicos, os atores: de repente o público se conecta com uma parte deles que os transcende. — Sua amiga, para dar mais peso à argumentação, foi procurar uma pasta, parecida com a minha, porém muito mais grossa e coberta de desenhos taoistas brancos e cor-de-rosa. Tirou um artigo da *ABC* que tratava sobre o tema. Pensei que, à sua maneira, também tentava ser rigorosa. Com a diferença de que ela procurava rigor em temas aéreos, inconsúteis.

— No caso dos músicos, quando geram um estado elevado de consciência, os ensaios começam a soar de um modo distinto. Olhe, aqui está o artigo de um tal de Andrés Ibáñez que explica isto superbem. Gira em torno de um músico que se chama Werner Thäricgen, percussionista da Filarmônica de Berlim. — Pema pronunciou o nome alemão perfeitamente. Nota-se que tem muitas clientes alemãs na terapia de harmonização energética. — Este Thäricgen explica que quando o diretor Furtwängler entrava na sala de ensaios todos percebiam que alguma coisa mudava no ambiente. Ou seja, ele entrava na sala e as interpretações começavam a soar de um modo diferente: diziam que carregava a música com ele. Na verdade, Furtwängler, como qualquer artista genial, se conectava com um estado único, gerava uma vibração única, e a mantinha durante o tempo em que dirigia a orquestra. Quem sabe, escreve o articulista, se a técnica principal de um artista não consiste em aprender a entrar neste estado e mantê-lo durante o tempo necessário (e estar suficientemente preparado para se dar conta do momento em que este o abandona)? Eu acho que a arte, da mesma forma que a cura que buscamos esta noite, consiste em uma intensa comunicação psíquica transpessoal. Como dizia o Buda, comunicamo-nos da minha alma à sua alma. Porque isto que chamamos de alma, termina dizendo o articulista, não é outra coisa senão energia.

— É bonito — comentei com Pema. — Pena que eu não seja um artista genial, nem sequer um artista. Falar qualquer um pode fazer. Qualquer um faz isto.

Durante alguns minutos ela continuou dissertando sobre o tema, vinculando-o agora à psicologia, tentando, imagino, que eu achasse mais factível chegar a este estado. Explicou que um estado elevado de consciência também tem a ver com "sair do eu e fluir de acordo com as circunstâncias". Trata-se de entrar em um nível de fluxo, como descreveu o psicólogo de nome impronunciável que sua amiga soletrou uma e outra vez perfeitamente, Csikszentmihalyi, cujos livros e manuais de autoajuda me mostrou: apesar de ser decano do departamento de psicologia da Universidade de Chicago, seus colegas o criticam por não escrever textos mais acadêmicos. Pois bem, ele utiliza o termo *fluir* para definir aquele estado em que mergulhamos de tal maneira na nossa tarefa que nos elevamos por cima do eu e experimentamos uma forma de felicidade, certamente a mais autêntica. Vê-se que a tarefa —"como a desta noite", disse Pema — não tem que estar acima das nossas possibilidades, embora deva exigir de nós o máximo de atenção e esforço. Csikszentmihalyi fala da "experiência ótima" para se referir aos momentos em que temos a sensação de que tudo depende de nós, de que somos donos do nosso destino: a que sente um marinheiro que segura o leme enquanto o navio avança fulgurante, ou a que sente um pintor quando as cores do seu quadro começam a mostrar uma tensão magnética. Momentos que não são passivos, mas que ocorrem quando o corpo e a mente chegaram ao limite do seu esforço voluntário para conseguir uma coisa diferente e que valha a pena. Isso pode ser sentido por alguém que cozinha, ou por alguém que fala.

— Quando você sentir isso no estômago — concluiu sua amiga —, terá conseguido o estado elevado de consciência.

Acho, Umiko, que estou começando a sentir. Estou totalmente imerso no discurso, se é que a isso se pode chamar discurso, e não tenho pensamentos paralelos à medida que vou falando. Esse seria, sem dúvida, tal e como disse Pema, o principal obstáculo para entrar no estado elevado de consciência, ou para gerar a vibração especial: a distração. Conheço muitos oradores, profissionais dos meios audiovisuais, que explicam uma coisa pensando em outra. Normalmente isto é relativamente fácil de acontecer quando essa coisa não importa muito. A voz vai para um lado, e a mente para outro. Há apresentadores de telejornal que falam da crise econômica enquanto planejam o fim de semana, da mesma forma que alguns atores consagrados reconheceram em suas memórias que às vezes recitavam Shakespeare enquanto pensavam na roupa estendida no varal e, mais concretamente, na cueca. Quanto aos apresentadores de televisão, esta falta de sintonia entre os pensamentos e as palavras se nota frequentemente quando hesitam. Se alguém hesita quando apresenta uma notícia, quer dizer que não domina a matéria de que fala, ou que está com a cabeça em outro lugar. Você achará engraçado que uma emissora espanhola tenha dado um curso aos locutores para que hesitem mais, com o fim de transmitir mais naturalidade e ser, por assim dizer, mais humanos. Soavam tão perfeitos e rígidos que perdiam telespectadores.

— O segredo — revelou Pema — é que você esteja muito concentrado no que fala. Atenção e esforço máximos. E que esteja consciente de que Umiko está apostando muito neste exercício. Não quero pressioná-lo, mas... ela está apostando tudo, entende?

Estou me precipitando. Vamos por partes. Uma hora antes, da praia onde aquela garota ainda estava tomando sol, fazendo nudismo, sua amiga me levou até a casa dela em um carro que você deve conhecer muito bem, um Seat Panda de segunda ou terceira mão pintado de cor-de-rosa, um tom pastel, com os bancos maltratados, cheios de areia e miolo de pão. A poeira do vidro filtrava a luz da tarde, tornando-a mais opaca, e abri a janela: a atmosfera da ilha começava a ficar dourada e dava aos brancos azulados das fachadas um toque de irrealidade. Uma rajada de vento espalhou cinza por cima das mãos de Pema, mas ela continuou fumando e dirigindo como se nada tivesse acontecido. Eu lhe disse que era uma sorte poder viver nesta ilha. "Sem dúvida alguma", respondeu, "sobretudo durante o outono e a primavera, porque no inverno venta muito e no verão fica cheio de turistas italianos e espanhóis: parece que competem entre eles para ver quem faz mais barulho. Sorte que em setembro chegam os alemães, que andam pela ilha nas pontas dos pés." Entretanto, ela vive dos turistas italianos, pois são os principais clientes de sua loja: vende de tecidos orientais a estampas em panos suntuosos, passando por quimonos. "Como pode ver, sou muito influenciada por Umiko", disse, gesticulando com todo o corpo, como uma italiana. Antes da sua doença, Pema devia ter um comportamento jovial, uma atitude totalmente aberta. Aliás, li outro dia um estudo que afirmava que as pessoas de temperamento expansivo contraem menos cânceres do que as reservadas (me perdoe; talvez não devesse fazer esta observação). Pema continuava me contando, enquanto eu me agarrava ao banco, preparando-me para a próxima sacudida do chassi, que trabalha de sol a sol, porque quando a loja está fechada, durante a hora do almoço e o entardecer, ela se dedica aos clientes das terapias, mulheres em sua maioria. Vão à casa dela, relaxam em uma sala chamada "o quarto de relax" (com tantas almofadas parece um bom lugar para fazer uma sesta) e depois vão para a sala, deitam-se na maca e se submetem à sua reiki sofisticada para aliviar dores nas costas e enxaquecas. Na porta da casa, pequena e branca, térrea, a placa deixa bem claro qual é sua verdadeira vocação: "Terapia da aura".

Mas você já sabe de tudo isto, querida Umiko. Avancemos. Pema foi direto ao ponto. No hall tirou o tênis, pediu que eu também me descalçasse e, uma vez dentro da sala, largou a bolsa no chão, aproximou-se do aparelho de som para colocar um CD chamado *Asian chill out* (tocou a tarde inteira), enrolou outro cigarro, desta vez de maconha, e me disse: "Começaremos ensaiando o que fará durante a noite." De repente se deitou no chão, em cima de um tapete cheio de desenhos de elefantes; pensei que sua amiga era amante das extravagâncias, mas não tive tempo de prosseguir com este pensamento, pois em seguida ela continuou: "Assim estará Umiko durante toda a noite: deitada no futon e dormindo. Mas isto você já sabe." Já sabia, sim, porque tinha sido informado por ela fazia um instante, na praia. Você só me havia dito que teria que falar gerando uma vibração especial, não mencionou de maneira nenhuma o fato de que estaria dormindo; mas não tinha sentido nos enredar em uma discussão sobre o que você me havia dito ou não. "Diga as suas dúvidas", soltou enquanto dava a primeira tragada no cigarro de maconha, expelindo a fumaça para o teto. Pensei que sua amiga não apenas era amante das extravagâncias, mas também se expressava com uma espécie de exagero parecido com o das atrizes amadoras — você está julgando, pensei —, mas em seguida tive outro pensamento, um pensamento sobre você, do qual me arrependo. Sim, sei que não podemos nos sentir culpados pelo que pensamos, que não somos nossos pensamentos, que muitos são errôneos. Há seis meses você me ensinou que todo dia passam por nossa cabeça aproximadamente 60 mil pensamentos como se fossem nuvens, nuvens que, se não forem objeto da nossa atenção, se desfiam ou se dissolvem no azul, mas que se transformam em tempestade se repararmos muito nelas: a maioria das pessoas vive convencida de que é esta tempestade, que seu temperamento é assim, que não há o que fazer. Pensei, olhando para Pema e fazendo uma associação de ideias com você e o que esperava desta noite: "Será como falar com um cadáver." Apesar de tudo, deixei que o pensamento passasse como uma nuvem, dei uma olhada ao meu redor e gerei outro pensamento, este em relação à decoração da casa: há casas nas quais os detalhes são tão eloquentes quanto nas ciências exatas. As dez ou 15 figurinhas do Buda rodeadas de centenas de pétalas de rosa, espalhadas pelo chão da sala, não me surpreenderam muito, nem as pétalas que salpicavam a mesa da sala, a cozinha, o mármore do banheiro entre o secador e o líquido para as lentes de contato (e um desodorante da marca Veritas). Com respeito à ordem há duas escolas, a que afirma que as pessoas com ordem interior costumam ser desorganizadas e a que afirma que sua mente se encontra da mesma forma que você mantém sua casa. O que me surpreendeu, Umiko, foi a reprodução que sua amiga fez do estilo japonês clássico. A casa tem poucas janelas e todas são pequenas, como a janela do quarto do mosteiro zen, de maneira que a luz natural é escassa, e a pouca luz que entra está filtrada e amortecida por umas cortinas japonesas que acho que se chamam *shoji*. A intenção de Pema, conforme me contou mais tarde, era fazer das sombras um objetivo estético. As paredes nuas, cinzentas e com tons neutros, reforçavam este efeito. A beleza de um cômodo japonês, disse mais adiante, depende do jogo de sombras mais ou menos intenso que se produz nele. Até a xícara em que serviu o chá imitava o estilo japonês, uma xícara gasta, com o branco da cerâmica ficando amarronzado, profundo. O bule não está polido porque Pema gosta de ver como a superfície vai perdendo brilho e escurece com o tempo; a beleza se encontra na imperfeição. Vendo que sua amiga estava ficando impaciente, parei de refletir, e enquanto ela apagava o cigarro soltei todas as minhas dúvidas, como se fosse um entrevistador incontinente:

— Por que esta noite é tão decisiva? Qual meu papel na cura de Umiko? Por que não lhe basta as meditações e as visualizações? Por que estará dormindo? Como vai me ouvir enquanto eu falo, se estará dormindo?

A partir de então ela falou e falou, a voz clara e vibrante. Somente interrompeu seu monólogo para levantar, três ou quatro vezes, buscando alguns manuais de autoajuda, a pasta com os artigos, suco de limão, chá branco e maconha. Fumava com dedos negligentes. No começo não parecia que a erva lhe fizesse efeito algum. Ao entardecer me ofereceu um pouco, mas recusei o convite: maconha me dá sono e, além disso, como não sei fumar, me engasgo e não paro de tossir (porém, gosto de contemplar mulheres que fumam). Em outro momento me ofereceu um suco de sálvia e limão que anda tomando para depurar o organismo. À medida que a tarde avançava seus olhos pareciam maiores, como se tivessem sido dilatados artificialmente. Ficou sentada no chão, no sofá, com a cabeça apoiada nas almofadas vermelhas, me olhando nos olhos, olhando para o teto, para o incenso, para o baseado. Havia momentos em que ficava com a respiração ansiosa e o nariz quase tão dilatado quanto os olhos — o piercing era o único ponto estável do seu nariz. Em outro momento, ao me ver pálido, ofereceu gotas de florais de Bach para dissolver a tristeza e a angústia: me fez abrir a boca e depositou umas gotas com gosto de licor na minha língua (mas já contei isto). Houve dois momentos inquietantes: a meia hora que dedicou a verificar como eu estava energeticamente e o momento em que conversamos sobre a segunda parte do exercício desta noite: o ato de fechamento. Um ato simbólico (assim ela o qualifica, embora de simbólico não tenha nada). Daqui a pouco vou falar disto. Só de pensar um calafrio me percorre. Não entendo como você aceitou fechar a noite desta maneira. Imagino que por isto se despiu: já está pronta.

Quanto à terapia energética, em um canto da sala de jantar, ao lado da cortiça pregada na parede, que você conhece muito bem porque há várias fotos da Pema com você, passeando pela ilha, está a maca em que me deitei no meio da tarde (depois de passar pelo quarto de relax). Na cortiça tem uma foto envelhecida, preta e branca, em que aparece uma garota com o rosto sujo de lama. "Sou eu em uma vida passada", especificou. Não estava brincando. Não quis julgar, e, seguindo as instruções que ela me passou, deitei-me na maca, coberto com uma grande toalha branca, com os olhos fechados, e de repente ela começou a agitar os braços e as mãos a uns 20 ou 30 centímetros do meu corpo, para verificar se meus campos energéticos tinham "forma e ritmo coerentes", campos estes que parecem não apenas rodear o corpo mas também o interpenetram. A famosa aura, que agora se pode medir cientificamente. Entreabri as pálpebras e espiei como mexia os dedos em cima da minha cabeça, como se tocasse uma harpa imaginária. Depois de vinte minutos anunciou que eu estava bem energeticamente, embora tivesse um ligeiro desvio na coluna vertebral: especificou a vértebra exata. Sem ter me tocado em nenhum momento. Há cinco anos uma radiografia me informou a mesma coisa.

Antes, durante toda a tarde, falou sem papas na língua. Quando lhe diagnosticaram câncer, Umiko, seu aprumo perante a adversidade deixou Pema estupefata. Como era sua melhor — e única — amiga, sabia perfeitamente que você não estava dissimulando: não se trancava em casa para chorar. Não se lamentou. Sua fisionomia não adotou um ar ausente. Estavam em contato diariamente, ela a acompanhava ao médico, aos exames, da mesma forma que agora, e de vez em quando faz as compras no supermercado e na farmácia para você (somente remédios homeopáticos e antioxidantes). Nem sequer depois do segundo diagnóstico você fez o que era lógico: negar a doença, fingir que não existia. Tampouco fez um drama se perguntando o que tinha feito para sofrer aquele mal, por que lhe havia atingido. Não se sentiu confusa, nem fracassada, nem desesperada, não se levantava à meia-noite soluçando como se tudo tivesse sido um pesadelo, sem dispor de tempo suficiente para aceitar o câncer. Sem a esperança de constatar as ligeiras melhoras que dia a dia são o grande motor do paciente. Sem o conforto da família e dos amigos que ajuda a amortecer o golpe emocional. Nem sequer fez planos para aproveitar o último trecho do caminho, despedir-se dos entes queridos, embora fossem poucos, deixar os documentos legais arrumados, os do Japão e os daqui, decidir o que faria com os escassos objetos entesourados durante os últimos anos, a quem legaria os livros com suas anotações em letra pequena e aracnídea, se publicaria ou não o diário. Em última instância, tampouco pensou no funeral, como queria que fosse, ou na cerimônia de jogar suas cinzas no mar com que tempos atrás, em uma tarde demorada de maconha, tinha fantasiado com Pema (ela me disse que Umiko em japonês quer dizer filha do mar). Continuou sendo a de sempre; certamente mais hermética, mas a de sempre. Quando soube o diagnóstico, como se estivesse esperando aquele momento há anos, com toda a naturalidade do mundo disse a Pema que o universo lhe informava que tinha que meditar mais. Deu ouvidos a cada uma das recomendações de sua amiga quanto aos suplementos antioxidantes, algas e cogumelos, e ainda os toma. Mas antes houve a cena do hospital: foram pedir uma segunda opinião médica, voltaram a fazer a maldita ressonância magnética. Você passou 45 minutos dentro de um tubo cinza e angustiante, ferros martelando no seu ouvido, um tempo que aproveitou para meditar, fazendo do ruído um objeto de meditação, uma atitude radicalmente oposta à dos pacientes que passam o tempo observando a enfermeira através do pequeno espelho retrovisor, até que não aguentam mais e mexem as pernas implorando que os tirem daquela máquina que tem algo de caixão (produzem-se muitos ataques de ansiedade lá dentro). Ao sair, estava tão calma que, na lanchonete do hospital, onde foi fazer hora, tomou um café. Era a primeira vez que sua amiga a via tomar café, e de fato ainda se pergunta se foi a cafeína que a fez reagir quando, depois de duas horas, o médico lhe disse, procurando as melhores palavras, com os ombros encolhidos, que sentia muito, que se confirmava a pior das possibilidades, que não havia esperanças de recuperação. Depois de um breve silêncio você soltou uma gargalhada. Uma risada franca, aberta, expansiva. Uma risada longa, de um minuto, aproximadamente. Os olhos do médico diziam: Onde está a graça?

Nem Pema nem eu sabemos muito bem por que você ria. Sabe-se que há uma antiga afirmação zen que diz: "depois de anos de busca no topo da montanha, finalmente agora pode-se gargalhar no fundo do lago." Você não riu para não pensar. Tampouco foi uma risada histérica ou nervosa. Não pretendia utilizar o som da risada como um mantra. Minha interpretação, que coincide com a de Pema, é que aquela risada foi um sinal de libertação: finalmente a vida anunciava que, depois de anos de busca espiritual, você podia parar de procurar. A partir de agora, o presente não estaria velado pela necessidade de ir mais além, e portanto você o viveria com mais intensidade que nunca (parece muito forte, mas de certo modo era um presente). Depois da risada juntou as mãos, fez uma reverência para o médico e foi com Pema planejar — minimamente — os dias seguintes. Suspendeu as sete ou oito horas semanais de aulas e se fechou — ainda mais — para realizar uma série de meditações específicas das 6 horas da manhã ao entardecer, em harmonia com a luz do sol. Da mesma forma que antes do diagnóstico, sua atitude era serena. Só mudou no sentido de que você se fechou mais, o que era compreensível, embora Pema tenha ficado preocupada, pois você não demonstrava nem tristeza, nem raiva. No começo não falou nada por respeito e porque tampouco teve oportunidade, uma vez que a partir de então seus encontros se transformaram em longos passeios silenciosos. Sua amiga interpreta que com os passeios quis lhe dar um presente, outra maneira de aprender a meditar. Todo dia durante mais de uma hora praticavam o *kinhin*, a meditação que se faz caminhando. Iam até a área das encostas e caminhavam lentamente, com as mãos enlaçadas abaixo do esterno, as costas retas, o olhar baixo, dedicando toda a atenção à respiração e aos pés que afundam na areia. O objetivo era dar cada passo com atenção plena. No primeiro dia você disse a Pema que sempre que a mente se afastasse do passo, mesmo que fosse para a paisagem que as rodeava, os penhascos que se recortavam no ar delicado, os marrons e cinza violentos das pedras, o mar de cor cristalina de absinto, sempre que a cabeça se afastasse devia se lembrar de que aquele passo era precioso e único e que nunca mais voltaria a existir. Sua amiga lhe deu ouvidos, permaneceu quase sempre em silêncio, e portanto ficou com vontade de se aproximar mais de você, de saber realmente como estava, em que podia ajudar. Teria feito muitas perguntas, mas tinha certeza de que você as evitava, como se achasse que o fato de falar fosse desnecessário. Terminavam os passeios no cabo da Barbaría, na gruta onde antigamente os corsários e piratas se escondiam. Sentavam-se e dividiam uma melancia, não muito gelada, e quando Pema ia dizer alguma coisa você a convidava a contar as sementes pretas do seu pedaço em meia-lua, ou a encorajava a se concentrar na superfície do mar, na linha de espuma branca que se prolongava vários metros, como uma artéria. Você gostará de saber que ela está convencida de que finalmente, graças àqueles passeios, aprendeu a meditar, ou, em outras palavras, a praticar a atenção consciente. Quando lava os pratos simplesmente lava os pratos, quando toma sol, fica na praia e não viaja para um cenário do futuro ou do passado — traz a mente de volta à praia, pois este instante nunca mais voltará a se repetir. Percebe que viveu quarenta anos distraída, que a falta de atenção velou quase todas as suas ações. Agora, pelo menos, interiorizou a importância de encarar cada momento, valorizando sempre a sensação de novidade. Aqui e agora tudo começa de novo, como demonstra a física quântica, os corpos morrendo a cada instante, voltando a se agregar a padrões de informação e energia. É preciso parar a cada instante, deixar de fazer com a finalidade de ser. Viver não é correr, mas ser. Seja como for, digo eu, me fazendo de advogado do diabo, uma coisa é ter a ideia clara e outra diferente é colocar isso em prática (já disse que achei Pema muito nervosa). Interromperam os passeios ao entardecer quando você não conseguiu aguentar mais; ela desabafou, confessou seu sentimento de culpa, você a criticou, e acabaram discutindo. É estranho, Umiko, que você aceitasse entrar em uma discussão.

Estavam do lado de fora da casa, no jardim, prestes a se despedir depois do passeio, quando ela disse, incomodada, que lamentava interromper o silêncio, mas que precisava falar com você. Seus olhos a observavam fixamente, aparentemente dispostos a ouvi-la, mas suas mãos continuavam abrindo a porta da casa. Nem sequer a convidou para entrar; a primeira parte da conversa transcorreu atrás da cerca coberta de hera, com a ondulação das nuvens brancas e dos campos lavrados ao fundo. Soprava vento do leste, e da terra vinha um cheiro de tomilho. Quando lhe explicou seu sentimento de culpa, começou a chorar: se sentia culpada pelo fato de tê-la incentivado a traduzir o diário, a refletir em torno dele. E quando lhe falou, saltando de um assunto a outro, que estava destroçada, e muito mais, ao constatar que você não exteriorizava suas emoções —"choro porque você não chora"—, você a abraçou. Durante alguns minutos acariciou sua cabeça, como se a doente fosse ela. Enquanto acariciava seus cabelos longos, fluviais, as nuvens se uniam e dispersavam e o vento passava das rajadas impetuosas às calmas brisas — ou seja, vocês ficaram assim por um bom tempo —, Pema se lembrou da solidão em que você vivia quando chegou à ilha, quando na saída da aula ela a convidava para dar uma volta, jantar com os alunos, tomar um trago nos bares da praia, e você sempre recusava todos os convites alegando motivos que nem sequer se esforçava para que parecessem verossímeis. Desde o primeiro instante em que a viu, quando foi à aula atraída pelo anúncio fúcsia que você havia colocado no quadro da padaria Manolo, ela teve a certeza de que era um exemplo a seguir: você tinha um bem precioso que faltava a ela, embora tivesse feito inúmeros cursos e oficinas de crescimento pessoal em retiros de fim de semana nos arredores de Barcelona, sempre com uma inquietação ansiosa por alcançar maior bem-estar emocional. Sua presença, sua expressão, seu gesto irradiavam uma indiferença calma e reflexiva para com a maioria dos problemas dos mortais comuns. Pema admirava seu comportamento, sua força, a sensação de que nada podia alterá-la. No entanto, sua serenidade era melancólica. Depois de meses, finalmente aceitou sair com ela ao amanhecer, depois do fracasso da festa da Barraca dos Piratas, a primeira e última festa a que foi, também incentivada por Pema, uma noite em que se aborreceu soberanamente apesar de sua amiga tê-la empurrado para se sentar ao lado de um grupo de jovens intelectuais, ou justamente por isto. Você se aborreceu porque não gosta que as pessoas falem sem o *hara*, de modo que bocejava enquanto alguns italianos discutiam sobre o bem e o mal e outros se insinuavam, e Pema não parava de ir e vir bancando a relações públicas, cumprimentando todo mundo, e depois beijando perto do mar uma garota que também tinha sido sua aluna — depois de meses, durante o passeio ao amanhecer, você confessou que estava em pleno processo de luto (o motivo, me contou Pema, está registrado no diário). Ficaram bom tempo conversando. Você acabou dando razão a ela: a solução para aquele luto, ou melhor dizendo, a luz no fim do túnel, porque não se pode falar de solução mágica em relação a um processo de luto, não chegaria somente com a meditação. Com as sete ou oito horas diárias de meditação, refugiando-se no mais íntimo de seu ser, sem mexer nem um músculo, você só dissimulava os problemas psicológicos. E então ela lhe propôs traduzir o diário. Se não o tivesse escrito, tanto ela quanto qualquer psicólogo teriam recomendado que o fizesse. Os manuais de autoajuda diziam que era uma boa terapia.

Enquanto lhe acariciava os cabelos, sua amiga se lembrava daquela época e se perguntava até que ponto nas últimas semanas, com o trabalho para se curar com a mente, não estava indo pelo caminho errado. Ou, melhor dizendo, por um caminho insuficiente. De repente, Pema lhe perguntou:

— Por que você não chora?

Então a convidou para entrar em sua casa, foram até o escritório, e você lhe deu o livro de um conhecido seu, Hiroshi Tasaka, do qual esta tarde li alguns trechos (não é preciso dizer que encontrei muitos paralelos entre o seu caso e o dele). Você não ousava escrever para ele, porque sabia que, se o fizesse, ele recomendaria que se enclausurasse de novo no mosteiro zen. Tasaka recebeu dos médicos o diagnóstico de um tumor incurável aos 20 e poucos anos. Davam-lhe dois meses de vida. Agora tem 60, é presidente de um banco de ideias e professor da Universidade de Tóquio. Na foto da orelha do livro, que se intitula, se bem me lembro, *Encuentra tu cumbre* — foi publicado por uma editora de autoajuda — vê-se um homem afável, de olhos reflexivos, cabelos longos e femininos, com uma covinha no queixo viril. Tasaka diz que uma vida longa não é necessariamente uma vida feliz, e que uma vida curta pode ser mais satisfatória do que uma longa. Pergunta-se: o que temos que fazer para ter uma vida satisfatória? "Trata-se de viver a vida preparados, como se a morte fosse acontecer amanhã. Se vivermos cada dia dispostos a morrer no dia seguinte, cada dia será com toda certeza um dia rico e satisfatório." Tasaka interpela o leitor e pergunta: "O que você faria se o seu médico dissesse que só lhe resta um mês de vida? Sentiria como se tivesse sido jogado num vazio escuro.

Mas quando começar a aceitar seu destino, começará a viver de uma forma especial. De que maneira? Viverá amando este dia. Como se o carregasse nos braços. F no final do dia pensará que esta jornada insubstituível se foi. Qual é a diferença entre restar trinta dias de vida ou trinta anos? Nenhuma. Porque os dois são instantes; 13,7 bilhões de anos do nascimento do Universo, 4,6 bilhões de anos do nascimento da Terra. Comparada com este tempo incomensurável, nossa vida de oitenta anos é uma piscada. Nada mais que um instante. Não há nenhuma diferença entre ter pela frente trinta dias de vida ou trinta anos. Ambos os períodos são uma piscada." Pema disse que, quando diagnosticaram o tumor incurável, Tasaka se enclausurou em um mosteiro zen. Durante aquele período, seu melhor amigo, a quem invejara secretamente quando o informaram sobre o tumor, porque viveria muitos anos mais que ele, morreu em um acidente de trânsito. Tasaka foi ao enterro, voltou para o mosteiro, e quando conseguiu ver o mestre e lhe explicar o diagnóstico e sua desolação ao ter os dias contados, este, com uma voz alta e firme soltou uma frase que o transformou radicalmente: "Tanto faz: viverá da mesma forma até que morra."

Enquanto você lhe dava os mesmos florais de Bach que ela me ofereceu nesta tarde, você disse a Pema que agora, mais do que nunca, fazia seus os argumentos de Tasaka. Com movimentos mais lentos do que de costume, sentou-se no chão, acendeu um incenso, apagou o fósforo quando estava prestes a queimar os dedos, observando-a durante alguns segundos que para Pema pareceram eternos, e lhe contou que no seu cotidiano não cabia a tristeza. Não porque a estadia no mosteiro tivesse esgotado as reservas de tristeza, nem porque negasse a doença, mas porque agradecia a ela.

— Agradece à doença? — perguntou a amiga, perplexa.

Sim, dava graças à doença, todos os dias. Não apenas aceitava a doença e a via como uma parte de você, uma parte transitória, por outro lado, como todas, como interpretava a doença como uma oportunidade. A doença, disse-lhe com desembaraço, era uma oportunidade para crescer, para se libertar de antigos esquemas físicos e mentais e para viajar rumo a um novo equilíbrio, à origem de quem você realmente é. Sua amiga não entendeu esse negócio de novo equilíbrio; seja como for, pensou que você tinha perdido o juízo. Mostrava o atrevimento vigoroso das pessoas que, ao se depararem com a morte de um ente querido, sorriem no enterro, até riem, distribuem abraços por todos os lados, e se alegram tanto de que estejamos ali que tememos que seu inconsciente ainda não tenha ficado sabendo quem realmente tinha morrido. Sua amiga a olhava de esguelha enquanto você se levantava e ia à cozinha preparar um creme de melão, vestida com a mesma camiseta branca e os jeans desbotados com que tinha ido caminhar, uma roupa de uma austeridade prática e desoladora.

Uma vez na cozinha, cortou o melão, colocou alguns pedaços no liquidificador e o misturou com três potes de iogurte natural. Disse-lhe, rindo, que certa noite, no Japão, em um restaurante de luxo, lhe serviram creme de melão em uma base feita com aquelas balas que explodem e borbulham na boca. "E o que você estava fazendo em um restaurante de luxo?" "Papel de boba. Deixei que um amante com muito dinheiro me levasse." Lá fora havia começado a chover a cântaros com uma força desconcertante. Sentia-se o mar roncar, chocando-se com as pedras brutas do litoral. Depois de um instante, voltando para a doença, disse-lhe que tudo tem uma causa: não sabia se o episódio do mosteiro lhe tinha feito adoecer, mas sabia que, se não tivesse saído desolada do mosteiro, não teria realizado o trabalho dos últimos anos e agora não poderia ver a doença como uma oportunidade. Enquanto lhe servia mais creme de melão — o sistema de irrigação não dava conta; pelo seu interior descia uma água turva e ruidosa —, deu o exemplo hipotético de um homem que na próxima semana deve se submeter a uma operação de vida ou morte: na nossa cultura, disse-lhe, "com a conexão tão fraca que temos com o momento presente", é provável que o homem passe a semana sem poder rir nem comer nem dormir, constantemente preocupado com uma possibilidade de futuro "que não deixa de ser uma ilusão da mente", uma vez que, face às expectativas da operação, está bem e pode levar uma vida normal. "A função do cérebro", disse, parafraseando Ramesh Balsekar, de quem tinha traduzido um livro sobre não dualidade, "é servir ao momento presente e não enviar as pessoas a uma luta encarniçada com o fantasma de um futuro que não existe. Quando funciona como deve, o cérebro é a forma mais elevada de sabedoria instintiva. O principal obstáculo é o pensamento horizontal no tempo. O cérebro teria que funcionar como o instinto dos pombos-correio e da formação do feto no ventre da mãe, sem verbalizar o processo." Isto foi tudo o que você disse a Pema, antes de discutirem. De repente, sem que viesse ao caso, você colocou em dúvida a eficácia dos exercícios dela para curá-la com a mente. É surpreendente que aceitasse entrar em uma discussão, e não me estranha que fosse a primeira a apagar o fogo. No dia seguinte, quando ela passou para buscá-la para ir ao hospital fazer uma nova ressonância magnética, você propôs uma saudação zen que consiste, se entendi bem, em se olhar nos olhos sorrindo, e só interromper o sorriso para falar da própria responsabilidade na discussão.

— Às vezes duvido de que você queira se curar — disse-lhe Pema.

Esta foi a frase que detonou a discussão. Agora ela reconhece que perdeu as estribeiras, que disse isto porque estava muito inquieta, e porque às vezes parecia que você estava à vontade naquele estado. Caso contrário, não teria rido quando o médico informou o diagnóstico fatal. Ou não sentiria gratidão para com a doença. Segundo ela, você tinha se instalado no presente com tanto exagero que não parecia estar dando à morte, à possibilidade iminente de morrer, a importância que merecia. Sim, agora, quando já faz 11 dias desta discussão, Pema reconhece que perdeu as estribeiras; embora acrescente que voltaria a fazê-lo. Se ela não tivesse explodido, eu não teria vindo à sua casa, e esta noite "crucial" não aconteceria. Ou não teria acontecido com você dormindo, seu corpo neste momento em forma de Z, e eu falando apoiado na parede, com a xícara de chá na mão, a 2 metros de você. Sim, você está um pouco longe, mas minha cabeça funciona como alto-falante. Chamam a isto utilizar as cavidades de ressonância. Como tenho cabeça grande, o alto-falante é potente, de modo que você ou seu inconsciente podem me ouvir bem.

Pema continuou:

— Parece anestesiada — disse-lhe soluçando —, uma anestesia de verdade. Não como a que procurava em Tóquio com os amantes.

Havia uma tempestade intermitente, as gotas repicando nos vidros, o vento passando pelas frestas das janelas. A tarde distante, abstraída do tempo.

— Tampouco sei se lhe importa muito o que digo — continuou Pema —, porque ignora tudo ao seu redor. Não sei se lhe é consciente de que seu entorno sofre, Umiko, querida. A única coisa que a preocupa é sua dose diária de anestesia em forma de meditação.

— De que entorno você está falando? — perguntou-lhe, com o desconcerto desenhado nos seus olhos escuros, que não entendiam nada.

— Estou falando de mim, parece pouco? — respondeu, corando. Nem uma única vez você tinha considerado quais os sentimentos dela diante da possibilidade da sua morte, e ela achava isso de um egoísmo astronômico.

— Você está sendo muito injusta — murmurou, aflita, enquanto a escuridão se intensificava.

No entanto, Pema continuou desabafando e, enquanto lá fora parava de chover e a nebulosidade do céu se afinava, lhe disse que fazia as visualizações porque devia fazê-las, por rotina: as duas sabiam que, se o corpo e a mente estiverem centrados nas visualizações, estas surtem efeito depois de alguns dias ou no máximo de uma semana, e você já estava há muitas semanas praticando visualizações sem obter nenhum resultado.

— E como você sabe? — perguntou-lhe com uma chispa de raiva na voz. Como não respondeu, disse que no dia seguinte ia fazer uma nova ressonância magnética, para ver se tinha alcançado resultados tangíveis. Não havia marcado hora, mas com sorte a enfermeira encarregada das tomografias a encaixaria em um horário. Pema a interrompeu:

— Que fique registrado que me corta o coração dizer isto, mas na ressonância aparecerá que o tumor continua crescendo.

Segundo Pema, era uma questão de dias para que começassem a se intensificar os enjoos, as nevralgias, que enxergasse com imprecisão e não conseguisse sair do futon. Não confrontava a causa primeira, negava-se a chegar à origem da doença. As duas sabiam muito bem qual era a origem. Concordava que a havia aconselhado mal em relação ao diário, mas pelo menos tinha tentado ir à origem do seu luto e curar a ferida. "Com muito êxito", você respondeu ironicamente, mas ela não deu ouvidos e pôs fim à sua verborreia mal-encarada dizendo que agora a ferida não apenas continuava aberta como também tinha aumentado, coisa lógica: o corpo tentava resolver aquilo que a mente deixara embargado, por meio de um tumor que a alertava desesperadamente que era preciso agarrar o touro pelos chifres. E foi quando ela falou "já é hora de agarrar o touro pelos chifres", que lhe saiu o orgulho, ou quando administrou mal a ira — não me estranha — e, depois de lembrá-la de que a doente era você, e que se alguém estava cheio de dor era você, gritou:

— Vá embora!

No dia seguinte, depois da chuva, os azuis e verdes da ilha se iluminam. O mar mostra uma calma aprazível parecida com o abandono da convalescença. Pema passa para buscá-la em sua casa, como tinham combinado, e da discussão e da ira já não resta nenhum sinal além de uma expressão de recriminação no canto dos seus lábios, e as bolsas arroxeadas sob os olhos (você não demonstra rancor). Você propõe que pratiquem o exercício zen de desculpas, que espero que me ensine um dia — à primeira vista me parece tão risível quanto aplaudir com uma mão só —, e vão ao hospital fazer a terceira e imagino que última ressonância magnética. Depois da ressonância entro em sua vida, ou entro de forma contundente, a ponto de estar agora aqui falando com você em um exercício cheio de inconsciência (afinal, grande quantidade de ações humanas está cheia de inconsciência). Durante o trajeto até o hospital Pema não lhe diz que não dormiu nem uma hora, nem que se sente horrível pela explosão de cólera e, sobretudo, por ter tentado condicionar seu trabalho de cura. No entanto, voltaria a fazê-lo agora, porque tem certeza de que as meditações e as visualizações não são suficientes: "O zen-budismo enterra muitos problemas em vez de resolvê-los." Você concordará comigo, Umiko, que este episódio condicionou seu trabalho. Até então ela a tinha influenciado na questão dos cogumelos e das algas antioxidantes que você tomava como resultado das sugestões dela; depois da nova ressonância magnética você acrescenta um novo exercício às visualizações, um exercício supostamente definitivo que estou tentando praticar da melhor forma que sei. Segundo Pema, você confia na intuição dela. Sem pretensão de julgar sua amiga, me pergunto se os seus conhecimentos médicos, ou, para ser exato, seus conhecimentos de terapias radicalmente alternativas, são confiáveis. No início, me deu a impressão de que ia catando aqui e acolá — uma impressão que se repete: você também a suscitava —, indo de curso em curso, de terapia em terapia, de manual de autoajuda em manual de autoajuda, procurando receitas. Agora, os casos que resumi para você demonstram que qualquer método pode ser bom para criar uma remissão espontânea sempre que se produza uma dança intangível e misteriosa entre o corpo e a mente, uma dança da qual a classe médica não tem nem a mais remota ideia. Mas estou me desviando. Estávamos no hospital, prestes a fazer a nova ressonância magnética. Você vai ao exame mais nervosa do que foi às duas ressonâncias anteriores. No primeiro dia não imaginava que iam diagnosticar um tumor no cérebro, no segundo contava com a possibilidade de um erro no diagnóstico, e, se a coisa ficasse feia, esperava ter recursos próprios para confrontar a doença e o trabalho de cura. Mas agora, se a ressonância demonstrasse que o tumor tinha crescido, dificilmente restaria algo a fazer, por mais que Pema teimasse. A intensidade dos exercícios das últimas semanas tinha lhe deixado à beira do esgotamento. Não podia fazer mais nada, tinha se concentrado na doença, até tinha agradecido a ela; havia espalhado o agradecimento pelas células, as doentes e as sãs. E estava consciente de que sua amiga tinha razão em um ponto: as visualizações demoram pouco tempo para fazer efeito (deixarei com você a pasta das fotocópias com os casos que corroboram isso). Então, você vai fazer a ressonância com um pouco de ansiedade. E, ao mesmo tempo, sem expectativas, você aprendeu a não gerá-las em nenhuma situação, isto é quase um padrão mental. Anda com passo firme sobre o linóleo dos corredores do hospital, mas quando a colocam dentro do tubo, justo no momento em que a plataforma móvel para no fundo da máquina e o barulho dos ferros começa a martelar no seu ouvido, você desaba. Começa a chorar. Não é racional, não pensa na doença, nem sequer na tristeza que não sentiu até agora, nem no barulho de martelos miúdos parecido com o que sai da loja — ao lado da padaria Manolo — onde fazem cópias de chaves. Na verdade, durante um tempo seu pensamento fica prático: preocupa-se com que as lágrimas sejam excessivas e danifiquem a máquina. Sim, assalta-a este pensamento ridículo enquanto fica olhando para a enfermeira — uma visão borrada — pelo retrovisor. Ela está do outro lado do vidro, junto a uns computadores, não parece desconfiar de que você está chorando, e fica olhando para os seus pés descalços, que sobressaem do tubo branco, para o caso de que se mexam em sinal de alerta. Você se dá conta de que o medo de danificar a máquina é absurdo, deixa-o passar como uma nuvem, e agora se preocupa com as imagens da ressonância que poderiam sair tremidas (a enfermeira disse para ficar bem quieta; você se mexeu quando começou a derramar lágrimas). Dezenas, centenas de imagens do seu cérebro fotografado de todos os ângulos, um cérebro de cor cinza, nas fotos, com dois glóbulos oculares brancos, como de extraterrestre. E dentro do cérebro uma bola escura, quase preta, do tamanho de uma ameixa. Hoje provavelmente já está do tamanho de um pêssego. Ou talvez já não tenha forma e, como uma teia de aranha, tenha se infiltrado em todas as malhas do cérebro. Especula sobre o futuro imediato: sairá da máquina, esperará duas horas, virá o médico com o semblante pálido dizer que a mancha ficou maior — e se não fosse assim? — e então o futuro será atroz. Tenta meditar: nota a tristeza no corpo, que pela primeira vez a assaltou, lhe dá as boas-vindas (não a esperava nestes momentos clínicos). Concentra-se na respiração, apesar do barulho da máquina, relaxa o estômago, as células vão inspirando e expirando, e aproveita para fazer uma visualização: cada respiração se desloca por todo o corpo em forma de energia curadora. Relaxa, as lágrimas secam e agora lhe vêm pensamentos relacionados com a morte. Nunca conseguiu aceitar a maneira de viver a morte que a maioria das pessoas adota. Uma coisa tão extraordinária quanto a alma humana, quanto a alma dos seus pais, não pode desaparecer para sempre. Os pais e os entes queridos mortos estão ao nosso redor, por todas as partes. Quando morrer, um dia ou outro, tanto faz, você gostaria que alguém distribuísse suas cinzas entre as pessoas queridas. Disse a Pema, naquela tarde remota entre cigarros de maconha, que desejava ser espalhada — as cinzas, bem entendido — pela paisagem de Formentera, mas agora conclui que você gostaria de ser colocada em muitos pacotes, como os das pastilhas Juanola, para distribuí-los entre aqueles que ama. Pena que haja pouca gente que a ame, o entorno a que se referia Pema é muito limitado: você foi fechando-o, não sabe muito bem por quê. O martelar dos ferros enfraquece, falta pouco para que lhe tirem da máquina, a umidade das lágrimas evaporou. Vem à sua cabeça um trecho de Sebald, ou de Walser, não se lembra, sobre a cinza, a cinza como modelo de humildade, de insignificância. A cinza é a primeira que se obceca com a crença de que não serve para nada: se a gente soprar a cinza, nem um único miligrama se negará a se dispersar imediatamente.

Quando a ressonância termina, já na lanchonete do hospital, tomando uma água enquanto fazem hora para saber os resultados do chamado diagnóstico de imagem — que sorte, uma ilha pequena onde todo mundo se conhece; na cidade as fariam voltar depois de dois ou três dias —, você explica a Pema o que pensou dentro da máquina. Comenta que chorou, e ela sorri, aliviada, e exclama: "Finalmente!" Imensos raios de luz entram pela janela. A lanchonete está cheia de turistas com queimaduras de medusa e ferimentos causados por pequenos acidentes de moto. Cheira a óleo de fritura, de camarões requentados em micro-ondas. Também explica a Pema que teve uma boa ideia para um negócio: fabricar na China pacotes onde seja possível conservar um pequeno punhado de cinzas da pessoa querida. Apenas pacotes para distribuir entre os amigos.

Vem-me à cabeça Baltasar Porcel. Ele passou bem dentro do tubo da máquina. "As pessoas ficam muito nervosas com a ressonância magnética; para mim foi como voar. O barulho era monótono como o de um avião de pequeno porte. Quase dormi." No dia seguinte da operação, acordou com vontade de comer frutos do mar, e isto foi a primeira coisa que fez ao sair do hospital, uma mariscada, com o também escritor Valentí Puig. Fontes bem informadas me disseram que Porcel não parou de falar, a mente continuava cintilante, fazendo planos, esboços de próximos romances, inclusive um policial, com um assassinato nas Terres de l'Ebre, enquanto Valentí Puig o ouvia com aquele seu ar indefinido de homem de outro tempo. Quatro meses depois, apesar de estar recuperado do linfoma, Porcel se submetia, também no hospital Clínic, a um autotransplante de células-tronco, para evitar, na medida do possível, que o tumor se reproduzisse em alguma outra parte do corpo. Durante as três semanas de internação hospitalar, durante as longas horas em que tinha ficado isolado em um quarto do Clínic com o fim de evitar o contato do seu então debilitado sistema imunológico com qualquer tipo de micróbio, enquanto as máquinas limpavam seu sangue —"você rejuvenesceu", disse depois; "é claro, estou com o sangue novo"—, havia relido Darwin e a experiência tinha sido maravilhosa. Darwin era muito grande, os médicos do Clínic eram muito grandes. Tinha depositado neles toda sua confiança, ouvira-os em tudo, não como outros pacientes que em vez de repousar continuam levando uma vida normal. "Superei o câncer tendo plena confiança nos médicos. Você tem que se colocar nas mãos deles e se deixar levar", disse-me depois de pouco tempo, ele comendo ostras e eu, um atum grelhado. Darwin fora um grande observador, um gênio que não acreditava em nenhum tipo de Deus, e sim em uma inteligência que foi se criando, sem objetivos prévios. *A origem das espécies* tinha quase 150 anos e era um livro moderno. Em um mundo de recursos escassos só algumas cópias sobrevivem o suficiente para, ao mesmo tempo, se reproduzir: as que têm variantes mais vantajosas em um entorno particular. O amarelo das flores é mais vibrante quando elas crescem em cima do esterco. Durante o jantar eu disse a ele, consciente de que uma pessoa perde respeitabilidade intelectual se admitir fantasias desta índole, que eu, que não acreditava em Deus e menos ainda em um Deus que distribui castigos e pecados, estava convencido de que os cientistas norte-americanos logo demonstrariam que existe uma inteligência universal. Uma consciência transpessoal que envolve a todos, como uma placenta. Ocupa-se do movimento dos astros, da vibração dos átomos. "Pertencemos a uma rede viva superior ao próprio limite corporal e psicológico", sugeri. O rosto de Porcel ficou dividido entre a irritação e a hostilidade. Bebeu a taça de vinho de um só gole, voltou a enchê-la, e replicou: "Mudemos de assunto. Não posso falar destas questões com gente com mentalidade *new age*. Leia Darwin e pare de perder tempo." Não me lembro sobre o que mais conversamos, ou se conversamos sobre mais alguma coisa. Só sei que saí do jantar contente: meu amigo tinha a potência de sempre.

Duvido que para Baltasar Porcel, diferentemente do que queria que fosse para você, o câncer tenha suposto uma oportunidade. Se você lhe dissesse que o câncer é uma oportunidade para crescer, para se livrar de antigos esquemas físicos e mentais e viajar para um novo equilíbrio, para a origem de quem a gente é realmente, ele responderia que está dizendo tolices. Ou, supondo que você, uma garota bonita e desconhecida, dissesse isso, ele ficaria olhando-a com uma sobriedade especulativa antes de mudar de assunto e fazer alguma pergunta sobre os gatos japoneses. "O câncer é uma merda. Ou você o vence, ou ele vence. E eu o venci", afirmava pouco depois da operação, a cabeça raspada, comendo um bolo de chocolate. Achava estranho vê-lo sem o cavanhaque e o topete lendários. Eu diria, Umiko, que em vez de viajar para um novo equilíbrio graças à doença, Baltasar viajou para o seu novo livro. Ele dá graças ao câncer — é um modo de dizer — porque lhe permitiu terminar o romance. Antes da doença estava em um beco sem saída. Comprovei isto em Maiorca, onde fui visitá-lo com um amigo em pleno agosto, apesar de que o meu amigo não suporta dormir em uma cama que não seja a sua e que nem ele nem eu achamos graça nas aglomerações turísticas, nem nos hotéis, bares e restaurantes que brotam a cada passo (Porcel sempre diz que Maiorca explodiu, de tanto "vômito turístico"). Uma vez em Sant Telm almoçamos com a mãe dele, que ainda vivia —"sempre me dei mal ideologicamente com a minha mãe", confessou-me recentemente, "e agora que está morta sinto falta da sua linguagem antiga, genética"— e, depois, enquanto dava comida para os gatos, explicou que estava preocupado porque não resolvia o romance que tinha nas mãos.

— Estou absolutamente travado — disse, cabisbaixo.

O romance tratava das vicissitudes de dois homens, sobre as forças e as massas urbanas da Barcelona atual, e denunciava, embora Porcel, como bom novelista, não o faria explicitamente, a assepsia política e a falsa problematização da vida, as pessoas preocupadas com debates estéreis. À noite, junto à piscina, em meio a uma quente umidade, perguntei-lhe:

— E por que não escreve um romance de amor? Eu gostaria de ler uma pequena história de amor escrita por você. — Eu tinha terminado *O animal agonizante,* de Philip Roth, loucura e ultraje, e imaginei que seria bom ler alguma coisa deste tipo que viesse de Porcel, a quem, aliás, o crítico norte-americano Harold Bloom tinha comparado com o próprio Roth. Porcel ficou me olhando, com o tom crescente de um silêncio sarcástico. Seus lábios esboçavam uma expressão de irritação, mas não respondeu e nos convidou para subir uma colina próxima da qual se via a deliciosa noite estrelada. Soprava um vento intermitente, escasso, que agitava as pontas dos pinheiros, os ramos das amendoeiras; a lua crescente, um azul pálido. Ao fundo se vislumbrava o mar, e em primeiro plano o pequeno vale, semifechado como uma ferradura. Pela crista da colina passava, ritmicamente, a luz branca que vinha do farol do cabo de Llebeig, da ilha de Sa Dragonera. Perto dali, o escritor Josep Pla, muitos anos antes, tinha lhe dito que aquela vista era uma maravilha, uma grande descoberta, e que escreveria algumas páginas. Porcel lhe respondeu: "Mas você já escreveu sobre esta colina em dois livros diferentes." É que Pla, de quem imagino que você não ouviu falar, Umiko, o melhor escritor que tivemos na Catalunha, não tinha escrúpulos na hora de descrever, com mão de mestre, paisagens que nem sequer tinha conhecimento. Preferia ficar no hotel, vendo o mar, sempre ao longe, ao lado de uma lareira e de um licor, ou nos últimos anos acompanhado de um vinho barato (1,5 litro de vinho por dia). Porcel tinha conhecido bem Pla, o tinha admirado, mas depois do câncer, mais sincero do que de costume, o que não é pouca coisa, confessou-me que às vezes a literatura de Pla era como um voo de galinha. Referia-se aos temas regionalistas que abordava.

Como eu dizia, se de algo serviu a doença para Porcel não foi só para receber todo tipo de homenagens, com as quais não teve nada a ver — no meu país se volta da doença como um herói de guerra —, e sim para terminar o romance em que estava enrolado. Nos dias antes da operação, como não enxergava bem, ditou alguns textos para sua filha Violant. Ela estava encantada, conforme me disse naquela mesma semana, quando nos encontramos para tomar um café; via seu pai muito animado. "Ele não fala sobre o câncer?" "Não, nunca; continua trabalhando sem parar. É uma máquina. Como não pode ficar na frente do computador, faz anotações. Passa horas nisto. Também responde ligações de pessoas que lhe desejam sorte, mas em seguida volta para o trabalho." "E não tem medo do câncer?" "Não, de maneira nenhuma. Parece absolutamente tranquilo." Quando saiu do hospital fiz a mesma pergunta a ele, se tinha sentido medo. Ficou me olhando seriamente nos olhos, mas dessa vez respondeu: só tinha sentido medo por alguns instantes, na tarde antes da operação, deitado na cama do hospital, diante dos filhos, ou talvez não tenha sido exatamente medo, porque somente tinha sentido medo uma vez na sua vida, em um entardecer remoto na África, sozinho diante de um guepardo com o qual cruzou quando fazia uma excursão. Não havia mais ninguém em vários quilômetros, o guepardo o olhou, ele devolveu o olhar, e assim ficaram bom tempo, olhando-se um de frente para o outro, sem que Porcel soubesse se era melhor sair correndo ou se jogar e lhe cravar os dentes, sim, ele no guepardo, mas depois de alguns instantes a ferocidade se transformou em medo, os olhos de Porcel aterrorizados, seu corpo pétreo, até que a fera decidiu partir, e aquele medo tinha sido tão intenso que Porcel, de repente, ficou sem vaidade, aquela vaidade que faz as vezes do orgulho e da coragem. Esse tinha sido o único dia em que tinha sentido medo de verdade, e eu diria que ali nasceu a relação tão estreita que Porcel tem com os felinos, especialmente os gatos (certa noite, saindo da garagem de sua casa, em Valldoreix, atropelei sem querer um de seus gatos: fiquei aturdido vendo o gato dar pulos de dor no asfalto, como um saltimbanco; e desde então Porcel tem para comigo uma atitude áspera). Não, Baltasar não tinha sentido medo na noite antes da operação, e sim tristeza. Tem uma concepção de família parecida com a dos Corleone: a família é uma das poucas coisas estáveis que valem a pena neste mundo instável. Voltando para a operação, embora Violant temesse que saísse mal, e nada lhe dava mais pânico do que a possibilidade de que seu pai ficasse sem poder ler nem escrever —"se não puder ler nem escrever será um homem morto"—, a operação foi um sucesso. Uma vez recuperado, antes de ir comer frutos do mar, a primeira coisa que fez foi ler os pré-socráticos e trabalhar no romance encalhado. Dez horas diárias escrevendo na cama do hospital. Às vezes acordava sozinho, cansado, e pensava que não veria mais sua família nem os gatos, mas em seguida voltava para a escritura, com esperança renovada, enquanto o paciente ao lado via televisão sem parar. "Não entendo como as pessoas podem ver televisão no hospital. Estão com câncer, provavelmente morrerão dentro de alguns dias, e se dedicam a ver televisão em vez de fazer algo proveitoso como ler." Porcel escrevia e sentia, cada vez mais, um ímpeto de vitalidade e esperança nas fibras corporais e cerebrais, conforme disse um ano depois, durante a coletiva de imprensa como ganhador do prêmio Sant Joan: "consegui terminar o romance graças ao câncer. Estava travado, como bem sabe um amigo meu que agora está sentado na última fila e que foi me visitar em Maiorca quando eu não conseguia prosseguir com o romance." Todos os jornalistas olharam para mim. Eu tinha entrado furtivo, para passar despercebido. E porque ia para celebrar o sucesso dele, não para trabalhar. Porcel disse: "é tímido, o rapaz", e prosseguiu, explicando o processo de gestação do livro. Antes do câncer o romance pecava por conceitos: nessa cidade e nesse país a reflexão política pesa muito, e isto era um fardo para a narrativa. Mas no hospital o afã de viver se infiltrara no livro e o transformara em algo magnífico. O primeiro romance livre e vital que tinha escrito. Quando fazia uma hora e pouco que estava falando, e isto porque os jornalistas só tinham feito duas perguntas, ficou mais transcendente. Referiu-se ao dever, inclusive "ao prazer", da luta contra o câncer. Sim, havia muita gente arrasada pela dor e pela destruição, mas também havia gente, como ele, que acreditava no dever e no prazer da luta. "Se não é por nossa vida e nossas esperanças, pelo amor que nos une uns aos outros, por que teríamos que lutar?" Muitas das coisas que a política e as pátrias nos vendem como prioridades coletivas e pessoais eram somente demagogias, insignificâncias. "Quem tem a razão suprema somos eu, o câncer, o romance. Acho que já faz uma hora e meia que estou falando. Acho que falei demais, mas tudo bem. Obrigado a todos por terem vindo, e obrigado também ao meu amigo da última fila, que de repente se tornou criacionista."

[Quinta-feira, 6] *Fazia dias que queria voltar a escrever, mas estive muito centrada na meditação. Além disso, algumas coisas mudaram. Para começar, nada de querer ir embora. Continuo fazendo as mesmas tarefas que antes, durmo pouco, as pernas são um campo minado, mas estou contente. Houve um dia estelar em que Kazuo-san veio me buscar para me levar para ver o mestre. De repente, sem prévio aviso. Saímos para o jardim, eu descalça, me espetando com galhos e pedras, e percorremos em silêncio os escassos 200 metros até a casa do mestre. Era a primeira vez que me reunia com ele. Ninguém tinha me explicado o protocolo. Hoje a situação me causa riso. Quem dera meu riso fosse parecido com o dos monges, com sua indiferença contemplativa. Agora o ritual para me apresentar diante do mestre já faz parte de mim, repito-o todo dia. Mas quando Kazuo-san me explicou isso na porta da casa do mestre, no meio de uma noite cristalizada, não entendi nada. Ele não sentia frio; parecia não distinguir entre o frio e o calor, como se seu corpo se autorregulasse. Entrei: o mestre estava em uma cadeira, mas prescindia do respaldo e me esperava sentado na posição de duplo lótus. Inclinei-me sem olhá-lo nos olhos, me esforçando para que não notasse que tinha esquecido o que devia fazer. E então movi as pernas não sei como, bruscamente, de maneira que dei sem querer um pontapé no bule. Resultado: o chá chinês derramado sobre a vara de incenso. O mestre me olhou com expressão séria, embora depois de um instante suas feições se adoçaram, sem chegar a sorrir. Kazuo-san entrou alertado pelo barulho, e levou o bule e o incenso. O mestre me perguntou por que tinha derramado o chá. Era a segunda vez que eu ouvia aquela voz — uma voz plácida, mas premente. "Sinto muito, mesmo. É que estou um pouco nervosa." "Por que está nervosa?" E, como quando fico nervosa não sei muito bem o que digo e começo a desvairar, respondi que fazia mais de três semanas que estava no mosteiro e não tinha conseguido falar com ele nem uma única vez. Kazuo-san entrou com uma almofada limpa e seca para mim. Percebi, ao me sentar, que estava com o traseiro ensopado. Trouxe outra vara de incenso, de um perfume magnetizante que não se encontra em nenhum outro canto do mosteiro. Kazuo-san ia servir o chá, mas o mestre o mandou dormir, e pegou ele mesmo o chá; esvaziou o bule na xícara, e quando a xícara se encheu continuou servindo, e continuou e continuou. O chá se derramava, molhava o tapete, o chão de madeira; penetrava pelas rachaduras, molhando de novo as almofadas. "Você é como esta xícara de chá", disse-me. "Está tão cheia que não cabe mais nada."*

Antes de iniciar o caminho, disse o mestre, eu tinha que me esvaziar, para que dentro de mim coubesse o chá que tinha ido procurar. Tinha que me esvaziar de preconceitos e expectativas. "Venha amanhã, depois da meditação, com os outros. Será a última a entrar. Agora tomaremos o chá em silêncio e você irá dormir." E foi então que me invadiu uma espécie de alegria que foi se repetindo dia após dia, e que faz com que eu não queira mais ir embora. Não sei se foi uma conexão com algo maior do que eu, ou com o poder do universo, como diriam os manuais de autoajuda; sei lá. O fato é que enquanto tomava o chá, com dificuldade (como se tivesse esquecido o aprendizado básico de beber, engolir), me levantei genuinamente alegre, esbocei uma reverência malfeita e fui para o quarto sem um pingo de sono. Tinha vontade de pular e dançar como uma adolescente.

[Sexta-feira, 7] *De fato, relendo as últimas linhas me vejo como uma adolescente. A insônia cobrou seu preço no dia seguinte. Durante a meditação da manhã ainda consegui manter a linha, embora não tenha conseguido meditar. As lembranças da noite anterior não paravam de me assaltar. Relembrava cada detalhe, cada palavra. Sorte que os budistas falam pouco, e me lembrar das palavras do mestre era fácil. Esvaziar-me de preconceitos e de expectativas. Não estava segura de ter muitos preconceitos, mas sim muitas expectativas. Expectativas sobre o que o mestre diria quando voltássemos a nos ver, sobre como seria a vida no mosteiro quando eu fosse mais uma. Curiosidade, também, por saber se todos os monges sentiam o que eu havia sentido tomando chá com o mestre. Agora sei que não se pode expressar com palavras, porque a essência do zen não se expressa com palavras. Mas me atreveria a dizer que foi um momento perfeito. De fato, o zen se dedica a isto, a trabalhar a perfeição do instante. Liberar e dominar todas as energias que estão dentro de nós aqui e agora. A respeito do que o mestre me disse, que não tivesse expectativas, que a expectativa nos afastava do caminho do Buda, aprendi que é necessário substituí-la pela esperança. A diferença é sutil, mas existe. E, tirando isso, não aprendi nada mais. Sei poucas coisas, em comparação com os monges que me rodeiam. Sinto-me uma adolescente e, em parte, me satisfaz sentir alguma coisa, depois de tanto tempo levando uma vida vulgar.*

[Sábado, 8] *Eu gostaria de ouvir música. Quem dera pudesse ouvir com o iPod os Yoshida Brothers. Sempre achei que têm muito talento com o shamisén, o instrumento de três cordas e sem trastos que se toca com um utensílio de madeira. Eu gosto que o misturem com música pop ocidental. Como Murakami, tão ocidentalizado. Eu gosto da mistura. Como acontece comigo com a literatura e os livros de autoajuda. Afinal, dizia para os amigos e os amantes, quando ficavam boquiabertos diante da quantidade enorme de livros de autoajuda que tenho no apartamento — sempre me perguntavam: "E você leu todos?"—, que a autoajuda remonta ao século V antes de Cristo. Os estoicos e os cínicos já falavam de como viver melhor, de como estar melhor no mundo. Às vezes penso que Sêneca é um autor de manual de autoajuda. Ou Confúcio, ou Yourcenar. A autoajuda, mais que um gênero concreto, é um apanhado de conselhos para viver melhor, e estes conselhos podem ser encontrados em um romance, um poema ou um filme. Às vezes os livros de autoajuda que traduzo — que traduzia —ficavam muito na superfície da vida, e então precisava mergulhar, de novo, na literatura.*

O dia da iniciação com o mestre foi o ponto de partida de um novo caminho. Nas horas antes de vê-lo outra vez, durante a meditação, custei muito a me concentrar, embora as pernas doessem menos do que nas outras vezes. Não parava de me mexer em cima da almofada, até que o monge que controlava a meditação me pediu, aparentemente zangado, que parasse de incomodar. Depois de três horas de meditação me uni pela primeira vez à fila com os outros monges, diante da casa do mestre. Tentei participar de alguma brincadeira; pela primeira vez começava a me sentir integrada. Até então só tinha falado com Kazuo-san, que tem um regime especial: faz as meditações conosco, mas não visita o mestre, embora, enquanto cultivamos a horta ou cuidamos do jardim, faça coisas para ele. Só de vez em quando dá uma mão na cozinha. Os outros monges tampouco falam muito com ele. Em compensação, há cumplicidade entre eles. Às vezes brincam como adolescentes: eu seria bem-vinda. Mas, quando têm que fazer fila para ver o mestre, todos sem exceção adotam uma expressão grave. Esperam sentados no chão, bem colocados, na posição de lótus ou duplo lótus, segundo a capacidade de cada um. O caso é que eu estava na fila com os outros monges quando Kazuo-san se aproximou e repetiu o protocolo. Memorizei bem: duas meias reverências, uma reverência completa, a cabeça no chão, e de joelhos. Sobretudo, nunca podia estar mais elevada que o mestre; era uma falta de respeito. Perguntei a Kazuo-san o que ele achava que o mestre diria naquela manhã. Kazuo-san sorriu e calou. Quando todos os outros já tinham passado, chegou a minha vez. Entrei, prestei atenção no chão, já limpo, e em um bule e duas xícaras; mas desta vez o mestre não me ofereceu chá. Seu olhar continuava sendo doce e líquido, como azeite. Olhos com um quê de circunspeção; intuí que podem passar sem transição de desdenhosos a brincalhões. Disse-me: "Você está começando o caminho do Buda. Hoje vou lhe dar seu primeiro koan." Assim, a partir daquele momento teria que centrar a meditação no koan. Só quando o koan passasse a fazer parte de mim, a solução se revelaria. Fechei os olhos para sentir melhor sua voz, e continuava com eles fechados quando, de repente, sem perceber nenhum movimento, notei uma respiração tímida perto da minha orelha e o sussurro do mestre: "O que se vê quando as luzes se acendem?" A pele da perna e do braço esquerdo se arrepiou. Estremeci. Penso, escrevo, e revivo: todo o lado esquerdo do corpo arrepiado.

[Quinta-feira, 27] *Este foi meu koan durante as últimas três semanas. "O que se vê quando as luzes se acendem?" Não tenho feito nada além de pensar nisso. Já sei que decifrar o koan não é uma questão de lógica, então o contemplo com calma. Trata-se de conectar com um ponto que se encontra no meu interior: uma sabedoria que nasce do tálamo e do hipotálamo. Os sutras, as conferências do mestre, quando acontecerem, se acontecerem, ficarão gravadas, graças ao inconsciente, não na memória, mas no tálamo. Ali encontrarei a resposta ao koan. Não tenho pressa: há monges que demoraram anos para resolver seu primeiro koan, o mais difícil, porque obriga a se conectar com o inconsciente, uma parte de você esquecida até agora, embora governasse sua vida sem você saber. Em princípio, a questão dos koans só concerne ao mestre e ao discípulo. Mas, como eu morria de vontade de saber se Kazuo-san tinha completado o caminho dos koans ou, pelo menos, se havia resolvido algum, ontem lhe perguntei. Não conseguiu me responder, pois de repente um dos monges explodiu de raiva e me recriminou por tentar fazer duas coisas ao mesmo tempo: comer e falar. "Se come, coma. Se fala, fale. Pois se comer e falar, não come nem fala", disse-me, já mais comedido. Como castigo, recomendou-me "contar os grãos de arroz à medida que os fosse colocando na boca". Não custei muito a entender que "recomendações" desse tipo são ordens camufladas. Assim passei toda a refeição ocupada em contar grãos de arroz.*

O caminho dos koans é muito duro. Estabelece-se uma relação única entre mestre e discípulo. Toda manhã, depois da meditação, o discípulo se encontra com o mestre e, por assim dizer, mostra-lhe como vai o processo de resolução do seu koan. O mestre pode encaminhá-lo, orientá-lo ou ficar calado. Às vezes é o próprio discípulo quem cala, por uma questão de honestidade, uma vez que provavelmente não avançou nada desde o dia anterior. Para mim esse é o melhor momento do dia. Durante as primeiras visitas ao mestre sentia a necessidade de me mostrar engenhosa, inteligente. Mas estou muito longe da resposta certa. Há monges que encontraram a resposta ao koan nos lugares mais insuspeitados: no banheiro, ou dentro da vagina de uma mulher. Eu havia entendido que os monges budistas praticavam a castidade por alguma espécie de decreto ou lei escrita ou por algum ensinamento do Buda. Mas resulta que não é assim. Na verdade, há mon-

ges que se deitam com mais de uma mulher, e inclusive com prostitutas. Também há os que renunciam ao sexo porque o consideram um obstáculo à vida meditativa. Eu diria que o sexo bem-feito, com a intensidade do amor, deve ser um bom exercício de meditação. E do mesmo modo que um monge pode resolver um koan enquanto mantém relações, a solução também pode me chegar em qualquer momento. Por isso, na última semana tenho tomado o assunto com mais calma. Limitei-me a usufruir do fato de estar perto do mestre. Eu gosto de estar ao lado dele, sem nos dizer nada. Às vezes, ao sair, ele toca minha nuca. Saio da casa alegre, sem sono, com vontade de continuar trabalhando. Os franceses chamam isto de alegria de viver.

[Sexta-feira, 28] *Vejo o mestre pela janela, indo para a cozinha — como se levitasse —, o que significa que é hora de comer, o sino deve estar a ponto de soar. Nenhum dos homens que conheci preencheu tanto o meu vazio.*

Você não esperava os resultados da última ressonância magnética. Tampouco são os que Pema imaginava, e muito menos os que dava como certos o médico, que lhe fez esperar um tempo eterno para comparar as imagens das duas ressonâncias anteriores, a fim de assegurar-se de que seguiram os protocolos, ou de que não houve confusão com outro paciente. Um médico relativamente jovem, de uns 35 anos, o único neurologista de Ibiza. Está com barba de quatro ou cinco dias, as unhas bem cortadas, e quando as vê chegar, olha-as com um quê impostado de cortesia e lhes dirige um cumprimento frio; ainda se leva muito a sério, pensa sua amiga, ou talvez seja insegurança. Acho, Umiko, que é o médico que no primeiro e-mail que me mandou você qualificava como irresponsável por ter se atrevido a colocar prazo de validade na vida de um doente, na sua vida. Enquanto abre o envelope e coloca as radiografias contra o vidro iluminado da parede — porque são radiografias, não? —, Pema continua pensando e conclui que não há neste médico uma conexão profunda entre o que é e o que gostaria de ser, sua aura é morna, certamente porque não queria estar exercendo a medicina aqui depois de tantos anos de carreira, ocupando-se de traumatismos cranianos causados por acidentes de moto em uma ilha perdida. Sua amiga olha para ele mais uma vez e fica maravilhada com seu comportamento: observa a situação como o entomólogo faz com o inseto, com uma curiosidade distanciada. Como se tivesse passado muito tempo desde a terceira ressonância magnética, quando só faz três horas que você saiu do tubo branco depois de ter chorado, depois de ter tido a ideia dos pacotes fabricados na China com as cinzas que você gostaria de distribuir entre os amigos. Se não fosse pelos olhos inchados de quem chorou, qualquer um diria que, para você, passaram-se dias desde a ressonância; para você, o passado sempre é remoto. Sua amiga para de refletir quando o médico lhes diz, sem saber como, para variar, e dessa vez balbuciando um pouco:

— O diagnóstico por imagem nos dá notícias que não esperávamos. — Seu olhar passeia por cima dos seus ombros e se crava na distância. Pela janela podem-se ver as figueiras de um pomar próximo. Algumas são enormes, com grandes copas e estacas fincadas no chão para apoiar os galhos. O médico fica calado por alguns instantes, pensando no que deve dizer ou não. Faz isso com todos os pacientes, exatamente como o ensinaram na faculdade, na única disciplina que se ocupa da relação que podemos chamar de humana com o doente. Trata-se de chegar até ali, até onde o paciente quer chegar, não lhe dar nem menos nem mais informação. Mas nesse caso a pior informação já foi dada. Agora pode dizer tudo, até dar boas notícias:

— O tumor está crescendo mais lentamente do que supúnhamos. Na verdade, corrijo, não está crescendo. Está exatamente do mesmo tamanho que na última ressonância. Não cresceu nem um milímetro.

Pema solta um grito de alegria, e, exultante, levanta os braços e abre as mãos como se acabasse de protagonizar uma vitória esportiva. De repente sente calor; tira o casaco, de cor amarelo grão-de-bico. Sua amiga tem consciência de que tem um temperamento variável, que passa da desolação à euforia com muita facilidade, mas se em algum momento esta mudança é cabível, é justamente agora. Você interrompe a cena e pergunta ao médico em voz baixa, mas sem hesitar:

— O que quer dizer exatamente?

— Sinceramente não sei — responde, com uma voz que adquiriu um tom envergonhado. Finalmente fala a pessoa, o jovem desconcertado diante de resultados que não constavam na apostila que estudou durante a graduação e para o exame de residência, um diagnóstico aparentemente impossível, idiopático. Uma remissão espontânea seria mais fácil de classificar, embora não as tenha estudado no curso. Não valia a pena, as porcentagens eram muito baixas.

— Então — pergunta Pema —, uma no cravo, outra na ferradura, certo?

O médico não responde; seu rosto dividido entre a incredulidade e a dúvida. Depois de alguns instantes, os necessários para lembrar de que o que conta são os resultados, e que deve se ater ao diagnóstico por imagem, termina dizendo:

— O tumor continua ali, e é tão maligno quanto no primeiro dia. Se repetíssemos a biópsia neste instante, comprovaríamos que é maligno. Com matizes. Não seguiu a evolução que esperávamos. Não posso lhes dizer mais nada, ou não posso lhe dizer mais nada — ele não sabe para qual das duas olhar — até que saibamos como evolui nas próximas semanas. Teremos que fazer um acompanhamento — acrescenta com solenidade fingida.

— Mais ressonâncias? — pergunta-lhe Umiko, sorrindo.

— Sim — lhe responde com franqueza, menos rígido, antes de voltar a tratá-la por você:— Mas pelo menos isto quer dizer que você estará viva para fazê-las.

Saem do hospital e Pema propõe comemorar. Ela se enganara, os piores augúrios médicos se enganaram: comemoremos. Não lhe deram as melhores notícias, mas tampouco as piores: brindemos. A massa tumoral não se desfez, por outro lado, não passara pela sua cabeça que você tivesse conseguido frear o crescimento do tumor. Na volta, durante a viagem de barco de Ibiza para Formentera, você desconcerta um pouco sua amiga: com a habitual voz calma lhe diz que valoriza aquele resultado. Como sempre, vê as coisas de forma positiva: "Afinal, terei mais dias de vida, não?" Sua amiga não sabe se você realmente se alegra ou se está ficando como ela, tendo em conta que ultimamente não parece ter dado muita importância, seguindo o ensinamento de Tasaka, ao fato de viver mais ou menos tempo. Mas depois de um tempo, quando estão chegando à ilha e avistam as sabinas e os pinheiros no ar dourado, talvez influenciada pelo entusiasmo de sua amiga — o entusiasmo tão contagioso, conforme aprendi ultimamente, por meio dos neurônios espelho —, brinca com todo o acontecido, e lhe diz entre risadas que você pensava que o tumor já seria do tamanho de um pêssego, e na verdade ele ainda está do tamanho de uma ameixa. "Não me incomoda esta ameixa, que fique, se quiser", enfatiza enquanto saem do barco, "já aprendi a viver com os enjoos." Uma vez em terra observa as nuvens de cor de chumbo com aqueles olhos de reconhecimento nos quais a ilusão de voltar para casa se mistura com a necessidade de descanso. À noite, depois de tomar uma taça de *cava*, a primeira vez em cinco anos que bebe álcool, ou para sermos exatos, depois de ter tomado umas tantas taças de *cava*, aceita fazer o exercício que Pema propõe, não só porque não tem nada a perder, como também porque não o acha incompatível com as visualizações, que continuará praticando no mesmo ritmo. Se continuar fazendo a mesma coisa que fez até agora obterá os mesmos resultados que obteve até agora. Se os seus exercícios somente frearam o crescimento do tumor — o que já é muito —, é preciso mais alguma coisa para conseguir eliminar a massa tumoral. O exercício de Pema não é obrigatoriamente incompatível com os seus (justamente o contrário, pode reforçá-los). Você diz isso à sua amiga com os olhos brilhantes pelo *cava*, e ela não sabe exatamente se o diz para satisfazê-la, ou porque acredita mesmo que vale a pena tentar. Continuam bebendo com as janelas abertas enquanto as cortinas de gaze ondeiam ao ritmo do vento, a noite reluzente — e você se sente estranha porque tinha decidido não beber mais álcool no dia em que descobriu que não só lhe impedia de ter a mente clara, que não só estragava as meditações dos dias anteriores, como também tirava do seu interior um cinismo que não tinha nada a ver com a essência de quem você é —, continuam bebendo enquanto Pema explica o exercício que planejou, com muito esmero, e que tem como propósito conectar com seu inconsciente. Até aqui tudo bem, porque você, como escreveu no diário, já se conectou com o inconsciente, ou tentou, para resolver o koan do seu mestre de olhar doce como azeite. Mas, quando sua amiga confessa que se inspirou nos ensinamentos de Jodorowsky, você faz a mesma coisa que eu: põe as mãos na cabeça.

Pema assistiu a muitos cursos dele, retiros de cinco dias, e se sente com legitimidade para planejar um exercício a partir de seus ensinamentos. No entanto, ao ouvir o nome de Jodorowsky você automaticamente sente a mesma inaceitável estranheza que eu (conheci Jodorowsky; já lhe contarei sobre o nosso encontro). Ainda assim, aceita seguir em frente, adota as ideias de Pema e no dia seguinte à proposta dela me manda aquele e-mail pedindo ajuda. No texto faz referência à vibração que quer que eu gere com a voz, embora não explique que estará dormindo — muito menos nua — e nem fale sobre a terceira e última ressonância magnética, a do dia anterior. Resumindo, evita mencionar a ambiguidade atual da sua expectativa de vida. Conta-me uma mentira piedosa, ou não me diz toda a verdade, uma vez que não explica que os médicos lhe davam dois meses de vida, mas que, de repente, graças à meditação e às visualizações, a expectativa de vida se alongou não se sabe quanto. Talvez, digo eu, ignorante, se continuasse fazendo as mesmas meditações e visualizações, poderia viver indefinidamente com o tumor no cérebro, pois ele não afeta as funções básicas. Já se sabe que utilizamos uma parte muito reduzida do cérebro, e felizmente "a ameixa" não cresceu no meio do órgão. Seja como for, você deve concordar comigo que me disse uma meia verdade. Quando expus isso essa tarde a Pema —"me estranha que Umiko não tenha sido de todo sincera"—, me respondeu que tinha sido ideia dela, que a desculpasse, que era preciso que eu viesse o mais breve possível à ilha para fazer o exercício, e que a melhor forma de conseguir isto era me revelando a expectativa de vida mais crua e curta que as duas primeiras ressonâncias apontavam. "Tampouco podemos dizer agora que a expectativa de vida seja longa", murmurou, com voz preocupada. "Simplesmente, ninguém sabe."

Quanto aos exercícios de Jodorowsky, deixe-me dizer que seu personagem não me é de todo antipático. Em *petit comité* ele se define como um palhaço místico. Conheço-o porque o entrevistei na rádio. Interessavam-me, como você pode imaginar, seus silêncios. Soube dele por uma terceira pessoa, Francesc Miralles, a quem também tinha entrevistado algumas semanas antes. Francesc é um cara afável, tem aproximadamente a minha idade, é formado em filologia alemã, e naquela época (alguns meses atrás) acabava de publicar um livro sobre o zen aplicado ao mundo empresarial. Muitos objetos na mesa do escritório significam energia estancada. O espaço onde você trabalha é um reflexo da sua mente. Ocupe-se do assunto que tem em mãos, ou delegue, ou desista: não deixe assuntos pendentes. A editora do livro havia me proposto uma entrevista com Francesc Miralles, eu tinha aceitado, e assim que terminamos e fecharam o microfone, eu lhe confessei que gostei muito de um silêncio pontual que deixara enquanto pensava em não sei qual música de sua cantora preferida, Keren Ann. "Pois se quer silêncios, entreviste o Jodorowsky. Outro dia estive em sua casa, em Paris, e entre uma frase e outra deixava uns silêncios brutais." Acontece que Miralles, além de escrever ensaios e thrillers, era autor de manuais de autoajuda: publicou mais de quarenta livros de autoajuda sob diferentes pseudônimos. Por isso, Álex Rovira, também escritor, com milhões de exemplares de livros de autoajuda vendidos em todo o mundo — embora, Umiko, para ser sincero, o rótulo de autoajuda comece a me cansar e prefira definir Álex Rovira como escritor e ponto —, ofereceu trabalho a Francesc como assessor. Rovira devia viajar a Paris, onde encontraria Jodorowsky com o objetivo de preparar um livro a quatro mãos; Miralles também estaria ali, e depois de alguns dias deveria assessorá-los sobre como realizar esse projeto (Miralles, antes de ser escritor, tinha sido editor; um rapaz multifacetado: tem um grupo de música e dois gatos). Ou seja, vão a Paris, ao escritório de Jodorowsky, situado no *12ᵐ arondissement*, e uma vez ali um assistente muito elegante, rondando os 40, abre a porta e os manda entrar em uma sala na qual três gatos vadiam no sofá. Quando Jodorowsky aparece, a primeira coisa que diz, dirigindo-se a Álex Rovira, mas olhando de esguelha para Miralles, com uma voz insolente, é: "E este sujeito, até que horas vai ficar?" Uma vez dentro, conforme explica Francesc, Jodorowsky comenta que desenvolveu uma nova terapia que consiste em atribuir profissões a muitos dos participantes de suas oficinas. Parte do preceito de que muita gente tem a autoestima baixa porque não se sente única. Uma lei do marketing diz que se você não é o primeiro no que faz, terá que inventar uma nova categoria em que o seja. De modo que, em um curso de Jodorowsky, este nomeou a um homem cinzento de massagista de gatos ("sem dúvida o melhor de Paris, porque deve ser o único"). E a outro homem recomendou que limpasse sombras, de maneira que este montou em sua casa um estúdio com lâmpadas que refletem a má sombra do cliente em uma superfície branca, e o limpador, único na sua especialidade, pega o pano e a deixa impoluta. Francesc Miralles escreveu que provavelmente os psicólogos que criticam os métodos de Jodorowsky têm razão, "mas também é saudável que de vez em quando alguém dê um pontapé em tudo o que é normal e politicamente correto. Como demonstram as melhores pessoas — sem profissões singulares — que sofrem de depressões e angústias de todo tipo, a normalidade também mata". Jodorowsky, como você sabe, Umiko, se define como psicomago. Começou como desenhista de quadrinhos, dirigiu filmes e foi ator, mas é conhecido pela terapias elaboradas a partir do que aprendeu com os xamãs. Depois de ter nascido e crescido entre eles, no Chile, aplica o xamanismo na psicologia. Faz isso por meio de atos simbólicos, espetaculares, que não só ficam gravados no inconsciente, mas também o revolvem. Como você sabe melhor do que eu, Umiko, o inconsciente não responde a palavras, mas sim a certas imagens, conceitos e metáforas. Jodorowsky leva isso ao extremo e não economiza na hora de espetacularizar os atos e rituais, aplicando o que aprendeu no teatro. Cabe dizer que o homem é um tanto selvagem. Recentemente, durante um curso, uma mulher explicou diante de todos os participantes que, por um defeito genético, tinha nascido sem vagina e não podia ter relações sexuais com penetração, fato com que ela lidava como um trauma. Por isso tinha ido ver Jodorowsky, e havia viajado centenas de quilômetros. O psicomago alfinetou, com expressão solene: "Isto é fácil de arrumar: busque alguém que lhe penetre por trás." Para rematar o tratamento, recomendou-lhe um livro muito completo sobre sexo anal.

Assim, quando Jodorowsky foi ao estúdio, eu já estava preparado. Tendo em conta que isto aconteceu há uns três meses, já tinha aprendido meditação com você, estava treinando em casa, e embora não tivesse a obsessão de antes pelos silêncios, continuava achando interessante estimulá-los. Não tinha a obsessão de antes porque com a meditação conseguia a paz e a tranquilidade que havia descoberto durante os silêncios no rádio. Em todo caso, entrevistar Jodorowsky era uma forma de tentar repetir os silêncios de Malkovich e Comelade. Eu estava preparado no sentido de que as perguntas que faria seriam mais sobre ele e sua filosofia de vida do que sobre seus métodos concretos, pois não queria nem imaginar como a audiência reagiria se Jodorowsky dissertasse sobre as terapias como a do sexo anal para a mulher sem vagina. Também tinha me preparado, querida Umiko, para meditar durante os silêncios. Fazer exatamente aquilo que tinha descoberto espontaneamente durante as entrevistas de Malkovich e Comelade, ou seja, não me preocuparia com os gestos do técnico de som, com o que dirão, e viveria o instante presente, mergulhando nele. Agora não tinha medo do que o chefe de programação diria, pois o tinham despedido, e o novo chefe estava encantado com os silêncios, ao ponto de dizer que devo potencializá-los, que me dão "personalidade", e que seria bom recuperar a seção que ia em busca de silêncios. Para o que eu não estava preparado, querida Umiko, era o temperamento de Jodorowsky. Comparados com ele, o pulcro Malkovich e o ensimesmado Comelade são entrevistados dos mais acessíveis. A primeira coisa que fez quando entrou no estúdio, com ar sonolento, despenteado, a voz rouca e os olhos um tanto vagos, foi pedir um café. "Embora eu nunca tome café, porque se você toma chá ou café faz o jogo das plantas correspondentes a eles. Existem muitas pessoas com alma de pé de café; comportam-se como elas. O que quer que lhe diga? As plantas estão invadindo o planeta." Este foi um dos poucos comentários que fez antes de começar a entrevista. Embora o homem estivesse muito bem conservado para os seus 79 anos vividos de maneira intensa, parecia cansado ou apático, cansado pela viagem de avião, ou apático por ter que se submeter a mais uma entrevista para promover sua nova oficina (apesar dos fãs, que o consideram um guru, ele precisa das entrevistas se quiser encher as oficinas). Quis comentar alguns dos temas que trataríamos durante a conversa radiofônica, mas ele me respondeu que não queria saber, que tanto fazia. Um pouco antes de começar lhe disse: "Em todo caso, obrigado por ter vindo, Sr. Jorodowsky." Tinha trocado, sem querer — um lapso —, as letras d e r do seu sobrenome. Sua reação lembrou as de Porcel. Jodorowsky despertou de repente e disparou, com uma voz arrogante e desafiadora, a voz daqueles que querem se bater em duelo de vida ou morte:

— Quando alguém erra o meu nome, e diz Joro em vez de Jodo, então o sujeito tem problemas sexuais e é o inconsciente que o está traindo. É Jodo, de *joder*. Se me chama de Joro, é porque tem algum bloqueio sexual. Com o *joder*. Acho que você não *jode** bem, não é mesmo?

Tudo mudou quando a entrevista começou. De repente, a arrogância e o mau humor deram lugar à amabilidade. Suponho que a transformação se deveu ao fato de saber que milhares de pessoas estavam ouvindo-o e que, ou freava sua bravura, ou ninguém se matricularia em sua oficina. Ou talvez tenha lhe aflorado o seu ator interior, e agora lhe coubesse interpretar o personagem de velho bonachão, um tanto complacente com tudo. Ou talvez esteja errado, e Jodorowsky seja na verdade um idoso agradável (a quem o café faz saltar como as cabras). Contudo, há outra explicação plausível que foi se consolidando em minha mente: quando estávamos para começar a entrevista, Carlota entrou no estúdio. De vez em quando, se achava algum convidado interessante,

---

* Em espanhol, *joder* pode significar "foder". (*N. do E.*)

ia ver o programa: tinha visto Jodorowsky em um vídeo do YouTube, o achara "encantador", e me avisara que viria para vê-lo. Ao entrar no estúdio, acenou para mim, sentou-se em uma cadeira do canto e, quando voltou a olhar em direção a nós, quando eu já estava falando no ar, apresentando o convidado, Jodorowsky lhe devolveu o cumprimento, com um sorriso incluído. Um sorriso cheio de ingenuidade. "É verdade que você, na intimidade, se define como um palhaço místico?" Esta foi minha primeira pergunta. Antes da resposta ele deixou um silêncio de uns vinte segundos durante os quais não olhou nem uma única vez para mim: seus olhos de um azul abstrato se dedicaram a examinar Carlota de cima a baixo, sem nenhum constrangimento. Um daqueles olhares descarados dos quais eu lhe falava há pouco. Tive algum pensamento dedicado à mãe de Jodorowsky, mas o deixei passar como uma nuvem e me concentrei na minha respiração, o ar entrando e saindo, amplificado pelo volume dos fones, enquanto o técnico de som me olhava tranquilo e pela janela se via passar o bonde que eu situava no mesmo nível de Jodorowsky, ou seja, no nível dos fenômenos de natureza transitiva que passam pela nossa vida deixando um leve rastro (não tão leve, lembro-me de muitos detalhes; e ainda por cima estou agora fazendo um exercício inspirado nele). Finalmente, sem deixar de observar Carlota, que usava um vestido branco com os ombros e as pernas de fora, uns ombros de uma tensão incitante, e umas pernas esbeltas, inacabáveis, sem deixar de observá-la, Jodorowsky respondeu: "Certo, certo, de algum modo eu sou um palhaço. Ser palhaço significa poder utilizar a parte cômica da vida. Veja, Wittgenstein, o grande filósofo do século XX, escreveu que o saber e o riso se confundem. Este é um dado fundamental. Não é contingente que quando os monges zen se iluminam soltem uma grande gargalhada. Mas o riso budista é diferente do riso comum. As pessoas nas ruas quando riem de alguma coisa, sua risada é como uma crítica, não é? Mas quando se ri de forma budista não se ri de nada: se ri de felicidade, e isto sim é o máximo."

Acho, Umiko, que a risada que Pema e eu não soubemos muito bem como interpretar, a que você soltou diante do médico — enquanto ele se perguntava mentalmente "onde está a graça"—, depois de ele anunciar de forma irresponsável que lhe restava pouco tempo de vida, talvez fosse uma risada budista. Acho que ficarei com vontade de saber. A próxima pergunta a Jodorowsky não foi uma pergunta, e sim uma afirmação para quebrar o gelo — no ar — e fazer com que os ouvintes conhecessem mais a pessoa. "Vejo-o muito bem", disse-lhe. "Tem quase 80 anos e parece em plena forma." Dessa vez não demorou muito para responder. Durante os segundos em que permaneceu calado, além de continuar olhando para Carlota, que agora se lembrara de que havia deixado o celular ligado e remexia na bolsa para desligá-lo, Jodorowsky terminou o café e adotou uma expressão modesta, enquanto eu me lembrava de que Josep Pla dizia que a modéstia é sempre falsa modéstia, mas deixei passar esta lembrança e me concentrei na minha respiração, um pouco mais acelerada do que o habitual, pois queiramos ou não Jodorowsky impõe, e mais ainda quando acaba de lhe dizer que você tem problemas com o *joder* (sorte que quando me disse isso Carlota ainda não tinha chegado; ela achava que ele era um senhor encantador; tampouco era caso de desconstruir o mito, nem de desconstruir os argumentos do mito). Depois de alguns segundos respondeu sem responder: "Não respondo à pergunta", e a seguir calou. De novo outro silêncio. O ar do estúdio estava carregado, como se o aparelho de ar-condicionado tivesse quebrado. Perguntei: "Por que não quer responder?" "Porque se digo que me conservo em plena forma, parecerei pretensioso. E se digo que não, parecerei um coitado. Aqui estou, como você me vê. Não vou responder a esta pergunta." E então, quando ia inquirir, continuou argumentando: "Um terapeuta não fala nunca em seu nome. Nem cura em seu nome. A diferença entre um verdadeiro terapeuta e os muitos bruxinhos que se dedicam a isto que agora chamam de terapias alternativas é que estes curam em seu próprio nome, e por isto se acham gênios. Mas um verdadeiro terapeuta sempre cura em nome de outro. Canaliza a energia do universo. O próprio Jesus curava em nome de seu pai." Esta resposta não foi tão seguida quanto a reproduzi, Umiko: ele deixava silêncios entre as frases. Mas não apenas não coçava a cabeça nem as costeletas e nem me olhava, como tinha os olhos cravados em Carlota, que assentia muito interessada no discurso do psicomago. Continuamos a entrevista, fiz mais perguntas, ele respondeu ao mesmo tempo aguçando sua engenhosidade e baixando o tom, consciente de que a sensação de intimidade se cria com a voz. Diferentemente dos silêncios de Malkovich e Comelade, seus silêncios eram pausas dramáticas, a fim de enfatizar o que diria depois, ou para que o ouvissem mais atentamente. Durante os brancos ele não pensava, usufruía da paisagem. Já eu conseguia pensar, não o tinha feito enquanto ele falava, pois estava concentrado nas suas palavras. Para o final da entrevista, perguntei: "Li em um livro que, segundo você, Sr. Jorodowsky, perdão, Sr. Jodorowsky, um casal que faz amor não pode ser casado por um padre que se masturba. Pode nos explicar por quê?"

Neste ponto o homem esteve a ponto de soltar uma asneira, mas se conteve e adotou uma pose neutra. Dado que já conhecia a resposta de cor, imagino que deviam ter feito a mesma pergunta mil vezes, algo que diz pouco a favor do entrevistador, ou seja, de mim, ficou em silêncio e se dedicou a sorrir para Carlota. E minha mulher lhe devolveu o sorriso com uma gargalhada. Fiz o gesto de levar os dedos aos lábios, dizendo-lhe sem voz que se calasse. "Carlota, a risada será ouvida no ar", pensei, "os microfones são potentes." Ria, é claro, porque ela é dessas mulheres que constantemente estão esperando uma desculpa para rir; tem o mecanismo pronto, e só precisa de uma faísca de humor para que se ative e exploda em gargalhadas, mostrando os dentes brancos e alinhados, e fazendo-o acreditar que é um sol, porque gerou nela a energia mais fundamental depois do amor (talvez o riso seja uma forma de amor). Não sei se você está de acordo comigo, Umiko, que as mulheres são seduzidas pelo ouvido ou fazendo-as rir. O fato é que Carlota não parava de rir, uma risada que não tinha nada de budista. Na verdade, estava tendo um ataque de riso. Tinha achado graça da referência aos padres que se masturbam. Imagino que também tinha achado graça das caras de Jodorowsky. Sim, ele não parava de fazer sinais, e agora inclusive piscava para ela (embora eu não afirmasse isso diante de um juiz). No ar, o silêncio prosseguia. O chefe de programação devia estar contente; aquele silêncio, teoricamente, me dava personalidade. Era impossível sentir qualquer paz. Não conseguia repetir a experiência meditativa de Malkovich e Comelade. Carlota e Jodorowsky tinham estabelecido um diálogo não verbal, aparentemente simpatizavam muito um com o outro, e eu ia gerando pensamentos de raiva. Não consegui, Umiko, deixá-los passar como nuvens; foram se encadeando. Sentia-me culpado por sentir raiva, e mais porque Carlota parecia se divertir com tudo aquilo. Decidi interromper o silêncio e disse no ar, me dirigindo ao convidado: "Pode, por favor, responder?" "É obvio. Um casal que faz amor não pode ser casado por um padre porque é uma incongruência. Não tem sentido. Quem casa, na verdade? Casam-se eles mesmos. Por favor! O outro é um símbolo, nada mais. Um cachorro poderia casá-los. Eu casei Marilyn Manson. Imagine. E o que aconteceu? Nada. Divorciaram-se depois de um mês. Só o amor casa um casal, um amor verdadeiro e profundo. Ele é o sacerdote. Um amor como o que você sente por sua mulher, a julgar pelo desconforto que está sentindo agora ao ver a cumplicidade que tenho com ela. Não é verdade?" Corei, e pensei: sorte que pelo rádio não dá para ver quando a gente fica envergonhado. Jodorowsky prosseguiu: "Não, não se preocupe, não fique vermelho, mudemos de assunto. Olhe: sabe como seria bonito que um padre casasse um casal? Masturbando-se diante dos dois. E respingando os noivos com sêmen. Isto sim seria bonito. Porque o esperma é sagrado." Agora Carlota ria tanto que teve que sair do estúdio. Em frente, na cabine, ao lado do técnico de som, o chefe de programação me fazia sinais. Tinha descido expressamente para me dizer — a histeria refletida no rosto — que interrompesse a entrevista (fazia o gesto da tesoura com a mão). Devia temer que a audiência se escandalizasse, tendo em conta que um dos espaços mais ouvidos era a transmissão ao vivo da missa de Montserrat. Não interrompi o discurso; Jodorowsky tinha liberdade para dizer o que quisesse, e se alguém se sentisse ofendido podia ir aos tribunais. Dado que o tempo estava acabando, dei a palavra a uma ouvinte que tinha ligado há pouco: "Olhe, Sr. Jorodowsky, faz algum tempo, anos, diria, que sinto uma tristeza irracional, sem nada que a justifique. De repente, fico triste sem motivo. Pode me receitar um ato terapêutico?", perguntou a ouvinte do outro lado do telefone. Jodorowsky tirou os fones, arregaçou as mangas da camisa e respondeu: "Certo, certo, não me cabe nenhuma dúvida de que tudo é culpa do seu pai, de como a tratou e a machucou na infância. Vá a um jardim, escave um buraco, beba 2 litros de leite e vomite dentro do buraco. A seguir plante uma árvore. Desta maneira simbólica você faria as pazes com seu pai, e a tristeza se desvaneceria." A ouvinte deixou um silêncio longo e eloquente.

Por isto, Umiko, quando Pema falou que se inspirou em Jodorowsky para planejar o exercício desta noite, pus as mãos na cabeça. Ela o vê não sei se como um guru, mas como um "excelente profissional" que rapidamente chega onde os psicólogos demoram anos para chegar. Um terapeuta criativo, muito culto, um sábio, um xamã moderno, um gênio: assim Pema o definiu. Em nenhum outro momento foi tão exagerada. Não valia a pena contrariá-la. Enquanto exibia abertamente seu entusiasmo por Jodorowsky, pensei que este deve ser o segredo dos chamados atos simbólicos: quem o protagoniza acredita tanto nele, no ato e no terapeuta ou xamã, que acaba provocando uma espécie de efeito placebo. Como acontece com os remédios, se você acredita que aquele ritual irá curá-la, há muitas possibilidades de que cure: minha vida está em suas mãos, tenho plena confiança em você (como Baltasar Porcel com os médicos). Parece, Umiko, que no início, assim como eu nesse momento, você via com desconfiança tanto o personagem quanto o ritual; mas no final, sempre segundo a versão de Pema, ficou convencida da eficácia do ato. O fato de que fosse eu quem falasse com você, uma voz que lhe é agradável, foi decisivo. No início, não aceitou, nossa amizade não era tão sólida, mas à medida que os dias foram passando, viu com clareza que talvez, como afirma Pema, sejam muitos anos de solidão e seu inconsciente precise se sentir acompanhado, agasalhado. Teoricamente isto é o que minha voz possibilita agora. E, de passagem, harmoniza a energia do seu corpo, os chacras, os canais sutis. Isso me foi explicado por sua amiga, e, enquanto me dava instruções, acrescentou que eu teria que falar com voz suave, porém clara, "como o som da água caindo no vidro". Não havia perigo de que você acordasse, porque estaria dormindo sob os efeitos de um potente sonífero, o mais potente do mercado, e você não estava acostumada aos soníferos, de modo que dormiria como uma pedra (mas isto eu já lhe contei e além do mais você o está experimentando). Poderia falar sentado na cadeira, de pé, passeando pelo quarto, como quisesse. Haveria um momento, disse sua amiga, dirigindo-me um olhar amistoso e de frágil desculpa, consciente de que o que ia dizer jogaria ainda mais lenha na fogueira, e efetivamente assim foi, ao ponto de que insinuei que exagerou um pouco no planejamento do exercício, haveria um momento, na reta final da noite, quando já tivesse conseguido um estado elevado de consciência, coisa que, se não me engano, estou a ponto de fazer, haveria um momento em que deveria tirar os jeans (por comodidade), deitar-me no futon, e falar ao seu ouvido.

Quero dizer que durante a tarde fui de susto em susto enquanto Pema ia de baseado em baseado, os olhos cada vez mais dilatados. A luz, embora filtrada pelas cortinas *shoji*, acentuava os tons dos objetos, especialmente os desenhos do tapete tibetano com um elefante subindo uma montanha cujo topo simboliza a iluminação (quanto mais alto, mais branco o elefante). Quando Pema me informou que deveria falar ao seu ouvido, eu tinha levantado do sofá para esticar as pernas e estava apoiado no batente, observando o mar calmo do porto. O motor de uma lancha começou a funcionar, desprendendo um cheiro acre de gasolina queimada. Sua amiga me disse que em um determinado momento teria que me aproximar de você e falar ao seu ouvido. Segundo

Pema, se trata de me aproximar — metaforicamente, é claro — da sua consciência. Não temos nem ideia de onde reside a consciência. Os neurologistas afirmam que é o resultado da soma de muitos pontos interconectados do cérebro, e isso é demasiadamente genérico. Mas a maioria das pessoas imagina que a consciência está em um ponto intermediário da cabeça, entre as orelhas e atrás da testa, um lugar por onde flui o chacra incessante do cérebro com o qual nos identificamos, ignorando que há uma dimensão mais profunda. Passa-me pela cabeça que se Jodorowsky, na rádio, tivesse atacado esta dimensão mais profunda de mim — embora, por outro lado, não seja minha nem de ninguém —, aí sim eu teria me condoído. Mas, segundo entendo, esta dimensão está a salvo dos ataques mundanos. É uma pena que nem eu mesmo conheça a dimensão profunda. Sim, de vez em quando, durante a meditação, ou no espaço entre pensamentos, tenho a sensação de entrar nela, mas não estive ali tempo suficiente para conhecê-la a fundo. Tampouco tomei pílulas ou cogumelos alucinógenos. Estou me desviando. Na reta final da noite deveria falar ao seu ouvido, disse sua amiga. Acrescentou que você sabia, e que desejava isso, o que dava força ao exercício.

— É importante que façamos bem as coisas — sentenciou.

— Imagino que já dá na mesma — respondi, com um sorriso resignado.

Agora, Umiko, você está com uma orelha descoberta, uma orelha pequena e compacta. Continua dormindo em forma de Z, encolhida. Talvez sinta frio. Vou fechar a janela, antes devia ter pesadelos, porque estava respirando de modo entrecortado. Agora continua respirando como no começo da noite, alongando mais a expiração do que a inspiração, com a boca entreaberta, como se o nariz não fosse suficiente para expulsar o ar. Talvez tenha um leve desvio no septo nasal (embora não pareça). Um nariz bem proporcional, algo helênico; o nariz como centro óptico e tranquilizador do seu rosto, embora não se possa dizer que o resto das feições brancas, regulares, seja nervosa. Só os olhos, com aquela coisa meio de surpresa meio de espera confiante, de vez em quando contrariam a imobilidade do seu corpo. Pergunto-me como será seu rosto visto tão de perto. Em breve me deitarei ao seu lado para falar ao seu ouvido e verificarei. Imagino que ouvintes como você, que dormem ouvindo rádio, têm a sensação de que o locutor lhes fala ao ouvido. Pergunto-me como será seu hálito: posto que seus dentes parecem estar bem de saúde, muito bem, o hálito dependerá de se tiver jantado, de como fez a digestão. Mas não se preocupe, não vou me ocupar do seu hálito quente. Daqui a pouco tirarei as calças — por comodidade —, me deitarei no longo travesseiro branco perpendicular ao seu corpo, apoiarei a cabeça entre as mãos e os braços, e continuarei falando com você, diminuindo o volume da voz. Diferentemente do volume alto de toda a noite, será um volume adequado à situação de intimidade que compartilharemos. Agora não me parece tão extraordinário o fato de me aproximar de você e falar ao seu ouvido — o farei já —, mas esta tarde disse a Pema, com voz delicada, porém firme:

— Espero que as surpresas terminem aqui.

— O que quer dizer?

— Quero dizer que desde que cheguei não parei de me surpreender, e que eu gostaria de me centrar no exercício de uma vez por todas, sem estar sofrendo pelo fato de que haja mais alguma coisa que ainda não saiba.

— Imagino que você não veja nenhum mal em se aproximar do ouvido dela. Faz muito sentido, sobretudo na reta final da noite.

— Não sei se tem sentido ou não; farei e pronto. — Diminuí o volume, que sem querer havia aumentado. Queria me expressar com assertividade, sendo o mais claro possível para sua amiga e ao mesmo tempo defendendo meus interesses, sem me deixar pisar. Mas não pude evitar que a voz soasse categórica: — Pema, vim à ilha por uma boa causa, a melhor de todas, tentar ajudar uma pessoa gravemente doente. Mas me sinto um pouco usado. Isto mesmo, não faça esta cara, sinto-me usado: me fizeram vir enganado, ou meio enganado, sem dispor de todos os detalhes. Vim à ilha pensando que a cura através da mente da nossa amiga se apoiava na meditação e nas visualizações, no raio verde da chamada aura verde. Sim, já sei que é assim; mas você deve concordar que as visualizações não são tudo, e que não tinham me falado desta parte. Pesquisei para ter toda a informação possível, e agora chego aqui e vejo que minha informação é muito escassa, porque você escondeu detalhes importantes da noite. Vim à ilha imaginando que falaria com Umiko como se fala normalmente com as pessoas, ou seja, acordada, e quem me espera é uma ouvinte adormecida. Não tenho nada contra, tudo bem, mas gostaria de ter sabido antes. Pelo menos para comentar com minha mulher. Vim à ilha com vontade de fazer as coisas com rigor, com seriedade, e agora tenho que fazer um exercício apoiado nos ensinamentos de Jodorowsky.

— Mas Jodorowsky é um gênio! — exclamou, com efusividade, esquecendo-se imediatamente de tudo o que eu acabava de dizer. O nariz se dilatou quase tanto quanto os olhos. Estava sentada no tapete, as pernas cruzadas, os pés descalços (a pele da planta dos pés de um tom enegrecido).

— Não vamos discutir, não vale a pena perder tempo. Mas que fique claro que poderiam ter me contado tudo isto desde o primeiro dia. Bem, tanto faz. Farei o que tiver que fazer, mas só até aqui. Não vou ceder em mais nada.

Durante os minutos seguintes me pediu desculpas pela segunda ou terceira vez. Reiterou que, se tivessem dito tudo desde o primeiro momento, dificilmente eu teria vindo. Sua querida amiga estava suficientemente grave para ter "pegado um atalho". Uma luz pálida foi se estendendo sobre o tapete, sobre o sofá amarelo. O resto da sala era escuridão e sombras. Lembro-me perfeitamente do momento em que, coincidindo com um gemido do motor da geladeira, sua amiga acrescentou, com expressão de conformismo, baixando o olhar:

— Pois o exercício não termina aqui.

— Como assim?

— Ainda terá que dar um último passo. O mais importante. O ato simbólico de fechamento da noite.

— Pema, sinto muito — disse, visivelmente contrariado. — Ouvirei o que tem para dizer, mas não penso em ir além.

— Por favor, uma última coisa e basta.

— Não, Pema, acho que já é suficiente — tentei dizer em tom conciliador. Pensei que na maioria das vezes é totalmente inútil tentar convencer o interlocutor. Pelo menos enquanto dura a conversa, você não pode convencer o outro. Talvez acabe cedendo, mas não porque mude de parecer. Durante a conversa, no máximo, pode-se plantar uma semente que mais adiante propicie a mudança; isto é o que Pema pretende fazer comigo, pensei. Mas não, ela não é maquiavélica; ela quer me convencer já. Do ponto de vista dela, de amiga íntima de uma garota gravemente doente, não consegue entender por que se resiste a fazer o que for necessário para tentar curá-la, e mais quando sabe que a cura pode estar em suas mãos. E, embora acredite, Umiko, que sobrevalorizamos a razão, como se fôssemos a nossa razão, parece que, quando atacam minha postura ou minhas ideias — que no fundo nunca são minhas —, estão me atacando, como comprovo na emissora, onde os políticos costumam discutir quando fazemos um debate, até brigar, e nunca nenhum político deu razão a outro, apesar de que com o microfone fechado podem reconhecer que pensam o contrário do que dizem no ar. Embora ache que a razão está sobrevalorizada, não podia dar razão a Pema. Às vezes, com Carlota, quando o assunto não é importante, prefiro lhe dar razão e ter uma noite tranquila. Quer ter razão? Nenhum problema, já a tem. Certamente o que hoje acho que é minha razão amanhã será a sua, estamos falando de conceitos, de abstrações; é mais importante uma noite feliz. E, ainda assim, não podia dar razão a Pema. Continuei defendendo o que considero minha parte de razão: há coisas que não se podem pedir. Nem mesmo com o pretexto da doença. Mas estou me adiantando.

— Não, olhe, vou lhe contar — prosseguiu Pema, entusiasmada de novo, como se estivesse prestes a me revelar o segredo de uma invenção destinada a triunfar. — Achará que fiquei louca, que estou delirando. Mas poria a mão no fogo por isto: se fechar a noite do modo que planejei, com o ato de fechamento, o inconsciente de Umiko se curará. E rapidamente transmitirá isto ao corpo.

— Pema, por favor, não seja ingênua. Como sabe que se curará? Não sabemos quase nada sobre o inconsciente, exatamente porque é inconsciente. Além disto, sempre restarão feridas, felizmente. Muitas são feridas lógicas. Cada processo de luto é uma ferida inevitável. Eu não quero nem posso fechar as feridas dos processos de luto que vivi, porque são os dos meus mortos, e penso como Umiko, que de algum modo eles continuam em mim. E a morte dos pais de Umiko? Não é uma ferida? Não temos que curá-la também? E a solidão dela? Não é uma ferida?

— É verdade, sim, a solidão é uma ferida, meu caro. E indiretamente, com o exercício desta noite, também a curaremos.

— Pema, desculpe, mas você é um tanto ingênua.

— Já me disse isto antes. E adoro ser ingênua.

— ...

— Posso ser ingênua, mas você ainda não se libertou da maioria dos preconceitos, querido. Agora conhece as visualizações que Umiko fez, e, embora não tenham sido suficientes, acha que a podem curar. Pois bem: lembro-o de que há uma semana pensava o contrário. Se conhecesse bem o trabalho de Jodorowsky, mudaria de opinião. Porque é claro que, desculpe que lhe diga isto, você é como todas as pessoas que criticam o mundo da autoajuda a partir dos estereótipos que circulam por este mundo de Deus. Eu digo: aprofundem-se, vão às oficinas, pesquisem, e depois critiquem. Há farsantes, é óbvio, mas também há bons profissionais. Há alguns anos, quando ia a Barcelona fazer cursos de programação neurolinguística, PNL, aqui na ilha me olhavam como se fosse uma marciana. Eu oferecia sessões grátis de PNL aos meus clientes, e eles as repudiavam; não confiavam neste método (entendo que o nome seja muito estranho). Curiosamente, confiavam mais na terapia na aura, da harmonização energética, porque as associavam com a reiki, bem mais popular. Com a programação neurolinguística você pode perder o medo de voar em 15 minutos. E eu vi, nos cursos do professor Oriol Pujol Borotau, nos quais é difícil encontrar vaga porque ele só passa alguns meses em Barcelona, já que vive na Índia, onde ganha muito bem a vida, aliás, dando cursos de PNL e de como conectar com o inconsciente, vi um aluno com ódio profundo a peixe, que sentia vontade de vomitar só de sentir o cheiro, submeter-se a um exercício de dez minutos de PNL, que no fundo é uma simples visualização, e depois ir com toda a turma comer peixe; juro, eu estava ali, comi ao lado dele. Com a PNL você pode emagrecer 10 quilos em um mês rechaçando os tipos de comida que se sabe que engordam: o exercício dura quando muito 15 minutos: eu o fiz. Sim, não faça careta, eu estava mais gorda antes. E ainda estou, mas é o corpo que me coube nesta encarnação, e o aceito. Porque é apenas um veículo. O que lhe dizia é: quando voltei dos cursos de PNL e falei sobre isto na revista local de Formentera, me disseram de tudo, como sempre. Mesmo aqui tendo pessoas da minha idade que teoricamente são abertas. E hoje em dia a programação neurolinguística está em todas as faculdades de psicologia. — Pema deteve seu entusiasmo para olhar pela janela e verificar a hora (nem ela nem eu usávamos relógio). Virou a cabeça com um gesto rápido e felino; os efeitos da maconha somente se deixavam entrever nos seus olhos. A luz, ao começar a declinar o dia, era de um cinza pálido. Não passava nem um tantinho de ar. Os barcos voltavam para o porto, os motores fazendo barulho. Restava pouco tempo antes de eu ir para a sua casa, e queria ter um instante para preparar tudo o que tinha que lhe dizer. Enquanto enrolava outro cigarro de maconha, Pema prosseguiu: — Pois bem, com os métodos de Jodorowsky logo acontecerá a mesma coisa que com a PNL. O psicoxamanismo, digo, é revolucionário. E o é, em parte, porque não revoluciona nada. Porque bebe de culturas milenares que sempre funcionaram. De culturas que acreditaram que a doença podia ser curada confiando em um poder superior: não se sentindo plenamente responsável por ela, mas afastando-a de você, diferentemente do que fazem os exames médicos de hoje em dia, que a transformam no centro da atenção (amplificam-na tanto que acaba sendo a sua doença). Exatamente isso. Antigamente, as doenças se curavam por meio de rituais. Nesses rituais, conecta-se com o mais antigo dos nossos cérebros, o reptiliano. Como você sabe, o cérebro reptiliano se encarrega da nossa sobrevivência no âmbito físico, e busca a segurança fazendo o que convenha. Tem tanta resistência às mudanças, que às vezes inclusive repudia a cura de uma doença. É o que está acontecendo com a pobre Umiko. De maneira que estou convencida de que temos que alcançar seu cérebro reptiliano através do ritual. Como diz Cristóbal Jodorowsky (o filho de Alejandro, que viu remissões espontâneas de cânceres depois de seus rituais, embora não goste de difundir isto aos quatro ventos, porque não é médico), o cérebro reptiliano é um velho dinossauro dentro de nós: encista as situações, não suporta as mudanças, nem sequer as mudanças de domicílio. Imagine o que está fazendo o cérebro da nossa amiga: pobrezinha. Umiko precisa de um ritual urgente que lhe injete uma nova informação através do cérebro reptiliano. Uma informação intimamente relacionada com o amor. Através do ritual que planejei, desfaremos o nó que impede Umiko de fluir.

— Não conheço o Jodorowsky Júnior — disse, tentando mudar de assunto. — É rude como o pai?

— O pai não é rude, mas o filho é doce, uma bela pessoa. Resgatou técnicas xamânicas do mundo todo, depurou-as do folclore e da superstição, e as aplica em sua vertente terapêutica, querido. Sua imaginação é energia em ação. Para dizer em outras palavras, trabalha para que o universo se expresse através dele. Paradoxalmente, teve sérios problemas com o pai, sabe?

— Não me estranha.

— Cristóbal nasceu na mesma data que seu avô paterno, o pai de Alejandro. E sempre teve a sensação de não ser ele mesmo, de carregar os vínculos afetivos que seu pai não havia tido durante a infância. Isto gerava um conflito. Para resolvê-lo realizou um ritual: foi à casa do pai, em Paris, e lhe disse, caracterizado como seu avô: sou seu pai. Também lhe disse: você fez o seu filho nascer no mesmo dia que eu para que ele preenchesse suas carências. Então se abraçaram, e choraram muito. E, ainda caracterizado como o avô, deu-lhe a seguinte ordem: já pode libertar seu filho Cristóbal, que está debaixo da fantasia. E pouco a pouco foi tirando a roupa, e a máscara, até que ficou nu. Depois disse a seu pai, Alejandro, que o pintasse com tinta, e que enquanto fizesse isto o reconhecesse como um ser único. O pai atendeu a todas as exigências do filho, e naquela mesma noite foram a um restaurante comemorar. Esta é a história da reconciliação deles, graças a um ritual. Digo isto de maneira sincera, se você quer se conectar com o inconsciente são necessários os rituais. É importante que não seja um ritual comum, que não lhe provoque indiferença. Quanto mais destruidor e selvagem seja o ritual, mais se conecta com o inconsciente.

À medida que ia escurecendo, Pema me contou, com todo tipo de referências cultas ao xamanismo, o ato simbólico que deveria fechar a noite. Antes de prosseguir, querida Umiko, e, agora sim, me aproximando de você para falar ao seu ouvido, enquanto tento não tropeçar no futon, quero lhe deixar claro — um momento; quero pisar no futon com cuidado pois escorrega um pouco sob meus pés descalços —, quero lhe deixar claro, por mais que lamente lhe dizer isto, que não farei o ato simbólico, e ponto final. Não, não vou fazê-lo. Segundo sua amiga seria o ato com mais poder curativo da noite — também diz que é simbólico, e de simbólico não tem nada —, mas quando nos próximos minutos eu lhe disser como me senti quando Pema me deu os detalhes, certamente me entenderá. Você sabe que tento ser aberto, mas há coisas que nem em nome da saúde se pode pedir. E o que me pediram hoje é impossível. Antes falávamos, ou eu falava, do que se justifica em nome da saúde e do que não. Pois bem, o que me pediram para fechar a noite não se justifica de nenhuma maneira. Eu não gosto de falar assim, tão seco, mas acho que vale a pena deixar isso muito claro. O ato que me pediram não se sustenta de maneira alguma. Salvo se fôssemos amantes. E nem assim.

Não, não vou fazê-lo e partirei dentro de duas horas, ou uma hora e pouco, com a luz limpa e alva, ouvindo o barulho das primeiras motos turísticas em direção ao cabo de Barbaría para ver o amanhecer — irei depois de ter lido partes soltas do diário e, sobretudo, depois de ter falado as horas que combinamos. Irei com a convicção de ter defendido meu ponto de vista, ou meus interesses, ou minha dignidade, algo que teríamos que fazer sempre se contamos com um mínimo de autoestima (nunca devemos nos deixar pisar para satisfazer o outro). Eu quero continuar tendo paz de espírito. Não quero me arrepender desta noite. No entanto, irei embora de sua casa com um leve sentimento de culpa, por não ter realizado o ato final. Aproximo-me mais ainda de você: tento me ajeitar bem, tento me deitar em cima da longa almofada de seda onde sua cabeça descansa — como em uma prancha de surfe, com os pés sobressaindo —, coloco os braços e as mãos como pilares onde apoiar a cabeça, uma postura, neste momento, incômoda, e vou falando, como posso, diminuindo o volume da voz e, agora sim, sussurrando ao seu ouvido. Então, irei com um leve sentimento de culpa que provavelmente aumentará na próxima semana: se o tumor tiver voltado a crescer, me sentirei responsável. Mas não posso fazer o ato simbólico de fechamento da noite, não posso; desculpe por insistir nisto. Não decidi isso ao anoitecer, depois de ter refletido, estava claro para mim desde o primeiro momento em que Pema começou a me contar vivamente e ao mesmo tempo suando um pouco (a pele vibrando infimamente, como se tivesse febre). Inclusive lhe custava relatar; Jodorowsky o teria descrito rapidamente, como fez com a receita do sexo anal para a mulher sem vagina. Ouvindo sua amiga, uma angústia e uma tristeza belicosa foram se apoderando de mim. Quando se deu conta, foi procurar aqueles florais de Bach. Abri a boca e ela colocou cinco ou seis gotas na minha língua, como se fosse minha mãe e eu estivesse doente (vê-se que é normal o gosto de brandy). O mesmo deve ter feito com você, Umiko, umas quantas vezes. Acho estranho falar com você tão de perto, ou melhor dizendo, acho estranho estar tão perto de você. Fazia quatro anos que não estava tão perto de uma mulher que não fosse Carlota. Acho estranho poder observá-la a poucos centímetros e com todo o tempo pela frente — é modo de dizer —, porque normalmente, se isto acontecer, quero dizer, se estamos junto ao corpo de uma mulher que não é nossa parceira habitual, ambos ofegando de desejo, seu corpo e o nosso, o que certamente não temos é calma para observar. E pela manhã, quando nos levantamos, se é que nos levantamos juntos, contrariamente ao que você fazia com seus amantes, temos a cabeça em outro lugar, no futuro ou no passado recente. Seu abdome, visto daqui, parece expandir com cada respiração mais do que antes: sobe e baixa, no mesmo ritmo das ondas. Continuo ouvindo o zumbido do mar, apesar de ter fechado a janela. Não quero me dedicar a contemplar seu corpo, a pele que ainda não tem textura de laranja, os seios túrgidos, o púbis sem pelos, com uma pinta minúscula ali onde começa a se formar a vulva. Não, não vou me dedicar a contemplar seu corpo, embora seja inevitável que eu sinta seu cheiro (o sentido do olfato não tem pálpebras). Embora você tenha tomado banho esta tarde, seu cabelo exala aquele cheiro seboso que tem o cabelo de mulher quando faz um dia que não se lava. Pelo contrário, sua orelha exala um aroma infantil e doce, perfume de sabonete Nenuco. Ou talvez seja todo o seu corpo que cheira a Nenuco, não só a orelha. Se me permite a brincadeira, esta orelha, com o lóbulo mais comprido do que parece à primeira vista, esta orelha é hoje para mim uma espécie de microfone. Receptiva como o microfone, parada como o microfone, importante como o microfone. Aproximo-me a um palmo de distância, como faço com o microfone da emissora. Sorte que você está quieta: Josep Pla, de quem já lhe falei, escreveu que uma das vantagens do homem sobre os animais é que tem as orelhas fixas, imóveis. Podem ser grandes ou pequenas, separadas da cabeça ou paralelas, redondas ou retangulares, ou compactas como as suas, duras ou flácidas, mas sempre fixas. Não há dúvida, dizia Pla, de que os animais têm a inquietação nas orelhas, do mesmo modo que a inquietação humana está no coração. Falando em coração, Umiko, eu gostaria de ser capaz de murmurar, agora que diminuí o volume da voz, quase um sussurro, eu gostaria de ser capaz de murmurar como me senti exatamente enquanto Pema me explicava os detalhes do exercício de fechamento da noite. Depois que sua amiga pingou na minha língua os florais de Bach, depois de fechar o vidro me olhando com uma expressão examinadora, porque, imagino, não esperava uma reação angustiada naquele momento — embora devesse intuir que eu ficaria atônito —, perguntei-me o que diria Carlota sobre o final simbólico, e voltei a pensar em você, e não sei por que uma tristeza imensa me sobressaltou.

Você sabe que a primeira coisa que Carlota me disse foi: "Suas ouvintes sabem sim muito bem como se atirar em você." Claro que foi um comentário jocoso, que no fundo não tinha nada a ver com você, como não tinha nada a ver comigo a crítica que Jodorowsky fez sobre o *joder*, da mesma forma que não tem nada a ver conosco que um motorista buzine, abra a janela do carro e nos insulte porque estamos há trinta segundos tentando estacionar (isto acontece frequentemente com Carlota, e ela se sente mal, e também se alegra quando um pedestre agradece por tê-lo deixado passar), mas não pude evitar de me lembrar do comentário sobre minhas ouvintes que já não sabem como se atirar em mim ao ouvir o exercício final que Pema, vacilante, expôs lentamente. Sinceramente, não achei nenhuma graça em ouvir aquilo. Não o farei nem deixarei de fazer por minha mulher, mas naquele momento pensei em Carlota e me perguntei o que ela acharia disso. Perguntei-me o que sentiria se amanhã eu chegasse em casa, com os olhos frágeis, e lhe contasse exatamente o que fiz nesta noite, e, sobretudo, como terminou. Ontem, enquanto estava na mesa de jantar do nosso apartamento começando a preparar o que lhe diria hoje, Carlota fazia careta. Eu estava com as anotações sobre as remissões espontâneas, resumia-as imaginando que leria isto para você — como contei — à tarde e com você acordada. À medida que passavam os minutos, ia me preocupando. Aquilo não era suficiente: embora a informação que tinha recolhido devido ao meu status profissional e curiosidade poderia ser útil para lhe dar coragem, faltava dizer aquilo que uma pessoa doente necessita que lhe digam. Ninguém me ensinou o que diabos dizer a um doente. Não temos nem ideia, não podemos lhe dar um tapinha nas costas e dizer que a vida é injusta, que nos solidarizaremos no sentimento, coragem etc. Depois de pensar nisto, perguntei a Carlota, que estava sentada no sofá lendo um livro: "Você, se fosse sua amiga, como lhe daria ânimo?" Ela ficou me olhando com uma expressão especulativa e depois respondeu, com secura na voz: "Abraçando-a." Não me disse nada mais, e continuou lendo o livro. Depois de um instante, como estava muito calada, perguntei-lhe: "Está acontecendo alguma coisa com você?" "Não, nada. Estou lendo." Sua comunicação não verbal me dava outra resposta: além da careta, estava com as pernas cruzadas, e o lábio inferior crispado. Pensei que provavelmente não achasse graça nenhuma que eu viesse à ilha, mas deixei passar o pensamento, um pensamento talvez equivocado, porque ela me dava seu apoio, obviamente, diante da perspectiva de ajudar uma pessoa doente: "Se for preciso, vá até o fim do mundo", havia dito há poucos dias, quando eu acabara de receber seu e-mail. Agora, se amanhã eu chegar em casa e lhe explicar que fiz o exercício de fechamento, não sei como reagirá. De início, ficará atônita. O mais provável é que saia para a rua, taciturna, sem dizer nada. Quando voltar, depois de algumas horas, se lerá em seu rosto decepção e pesar. E, caso eu peça por favor que tente entender, responderá: "Eu? Eu tenho que entender que você vá a Formentera com uma quase desconhecida para fazer exercícios estranhos enquanto ela está dormindo nua? Está brincando." "Mas ela está gravemente doente e, além disso, é minha amiga", eu responderia. "Que esteja gravemente doente e deva ajudá-la, é óbvio; mas que seja sua amiga, posso questionar. Ou agora chamamos os pretendentes de amigos? Bem, é claro que eles se definem como amigos: é a única maneira que têm para se aproximar. Afinal é uma estratégia, e parece mentira que você não se dê conta. O caminho lento e morno da amizade, a esperança que acabará derretendo a neve. Que romântico." Mas tudo isto, Umiko, são hipóteses minhas; uma conversa imaginária que não sei por que estou lhe contando. Por enquanto, Carlota confia em mim; já faz tempo que decidimos cultivar a confiança um no outro em vez da suspeita sistemática. Por isso também me senti triste, porque realizar o ato final da noite que vocês me propõem implica trair a confiança dela. Você concordará comigo que o exercício de fechamento vai além da extravagância. Sim, já li no diário que durante anos sua relação com os corpos dos homens foi, por assim dizer, fluida. Levar a cabo este final de noite implicaria para mim, em primeiro lugar, ser infiel à minha mulher. De qualquer forma, não é este o motivo pelo qual não o farei.

Sim, eu sei que a infidelidade, na sociedade atual, é uma coisa muito relativa. Se quer que diga a verdade, assim, abstratamente, posto que é um conceito, não me interessa muito, da mesma forma que não me interessa o conceito de pátria, ou o de orgulho nacional. Alguns, em vez de usar a palavra infidelidade, preferem falar de deslealdade —"o que eu não suportaria é que fosse desleal"—, mas nunca entendi muito bem o que querem dizer. Suponho que se referem a não romper o pacto que têm com o cônjuge. A relação necessita de alguns pactos, diários, mensais e anuais. Em qualquer caso, hoje em dia a infidelidade circula na nossa sociedade como uma grande corrente subterrânea, dá-se como fato consumado, e as pessoas se casam mais do que nunca e chifram mais do que nunca. Parece certo. A troca de fluidos é uma coisa linda. Só que não está claro que a troca de fluidos ou o toque da carne equivalha a ser infiel. Quero dizer que, segundo os estudos psicológicos e sociológicos, as mulheres consideram mais infidelidade, porque lhes dói mais, que seu cônjuge se apaixone por outra ou por outro do que o fato de que se deite com outra ou com outro. Os homens, dizem os estudos, se sentem traídos se o cônjuge pratica a troca de fluidos. Imagino que em Formentera deve haver muitos casais neo-hippies que não mencionam a palavra ou o conceito de infidelidade, que o acham careta, que têm pactos para transar com quem querem, inclusive fazendo trios animados, como os de Updike naquele célebre livro dos sessenta. Além disso, para mulheres jovens e espiritualizadas como vocês — da nova espiritualidade, como dizem —, imagino que o sexo tem uma importância relativa. Acham que está sobrevalorizado, que é apenas isto: sexo, corpo. O importante é o que não se vê. O que se hospeda no corpo. E eu, se quer que seja sincero, também acho isto. Os corpos enquanto tais são bonitos, são como a manteiga recém-tirada da geladeira: não servem para untar o pão. Apesar de tudo, sei que se saís se deste quarto, dentro de duas horas, com a sensação de ter sido infiel a Carlota, o remorso me consumiria. Muito mais do que se for embora sem fazê-lo. Como você vê, neste país os padres fizeram muito mal com o maldito sentimento de culpa. Pois bem, agora você me perguntará se realmente se pode considerar infidelidade a Carlota o que me propõem fazer, tendo em conta que você está e estará dormindo profundamente. Sim, eu considero infidelidade. Seu corpo não é virtual. Ao contrário de você, não estarei sonhando. Há um clichê que diz, como você bem sabe, que com bons sentimentos se faz má literatura. Pois bem, apesar do risco de fazer má literatura — oral — lhe direi que, se existe a tal relação ideal, atualmente estou tendo a sorte de vivê-la. De qualquer forma, como disse, a infidelidade não é o motivo pelo qual não vou fazer isto. Nem em nome da saúde posso fazer o que Pema me pediu.

Lembro-me de um momento da conversa no qual me disse, com aquela intensidade séria no fundo dos olhos:

— Acontece que a doença é uma grande oportunidade para receber amor. Sem saber disso, há gente como Umiko que fica doente para receber amor. Ela não quis isso; seu inconsciente sim; foi a única saída que encontrou. — E, vendo minha cara de estupefação, sua amiga tentou esclarecer:— A doença é uma grande oportunidade para receber amor, talvez a melhor, certo? Porque quando adoecemos todos ficam atentos a nós, nos cuidam, nos querem mais do que nunca. Fazem por nós, e conosco, coisas que nunca teriam lhes passado pela cabeça.

— E não lhe parece suficiente que fale com ela a noite inteira?

— Para mim sim. Para o inconsciente dela, não.

É surpreendente que você aceite realizar a segunda parte do exercício, apesar da pouca importância que dá à carne. Por isso me esperou nua, sem lençóis nem no futon nem no armário, coisa que agora vou interpretando. Surpreendeu-me que aceitasse o ato de fechamento planejado por Pema: lembro-me da nossa amizade, uma amizade, como lhe disse, não consolidada, que mal se pode qualificar de amizade, na linha do que sustenta Carlota, lembro-me de nossa amizade como uma amizade assexuada. Não somos o tipo de amigos que estiveram a ponto de se envolver ou que se envolveram e depois reconduziram a atração sexual para uma amizade de longo tempo. Acho que foi Proust quem disse que nossa vida social está cheia de homens e mulheres — ele dizia de mulheres, mas pensava, como você sabe, em homens — que um dia foram a promessa de um grande amor. Como não os seduzimos na hora certa, reconduzimos a situação para a amizade. Afinal a energia da amizade é parecida com a do amor, com a diferença que tem mais possibilidades de perdurar, e não implica desejo sexual. Neste seis meses que nos conhecemos eu não vi em seus olhos nenhum sinal de desejo sexual. Tampouco intuí que eu lhe interessasse como alguma coisa mais que um amigo, ou um conhecido: nem no dia em que nos vimos pela primeira vez, quando me disse com um tom malicioso que toda noite dormia comigo, nem durante o curso de meditação pelo qual nunca lhe agradecerei o suficiente, nem nas duas vezes em que nos encontramos em Barcelona, a primeira para tomar um chá na casa do Tibet e a segunda para almoçar naquele restaurante com besouros: "meu vegetariano preferido na cidade", afirmou. Nesta tarde, enquanto Pema me falava de sua solidão buscada, fiz uma associação de ideias entre os besouros e seu afã de fugir, de se refugiar kantianamente de tudo e de todos, começando pelas pessoas do seu país, que vão muito à Sagrada Família e ao Paseo de Gracia para comprar figuras de Lladró, mas não vêm nunca até esta ilha, não muito longe. Saímos para tomar chá e almoçar, você foi amável comigo, resolveu minhas dúvidas sobre a prática meditativa e, embora seja verdade que me propôs sair outras vezes, não encarou mal o fato de que eu não pudesse — a maldita falta de tempo — e sempre me respondia em tom de brincadeira, dizendo que era "lógico" que um homem tão "midiático" como eu não pudesse sair com uma garota que se dedica a "questões místicas". Dizia isto, como sempre, com ironia. Eu achava graça. Da sua ironia, quero dizer. Muitas vezes não havia nenhum motivo aparente para o seu riso, mas já sabemos que você praticava o riso budista e, além disso, a hilaridade japonesa explode sem nenhuma desculpa. No entanto, agora que começo a ver tudo sob outra perspectiva, pergunto-me se durante esse tempo não houve algum indício de sua parte, algum indício de que procurava um tipo de aproximação com a minha pessoa que fosse mais além. Talvez eu não tenha percebido suas intenções. Carlota com certeza encontraria um monte de indícios, mas você não deve levar isso em conta; já lhe disse que ela faz muitas brincadeiras e exagera. Também me pergunto, pensando em voz alta, se nos dois dias em que nos vimos sua comunicação verbal não ocultava aquilo que sua comunicação não verbal expressava de forma eloquente. Veio aos nossos encontros vestida com roupa simples e ao mesmo tempo elegante, com jeans e camiseta branca, num dia, e no segundo com um vestido preto de linho, sandálias também pretas, que lhe conferiam uma beleza natural e de colegial tímida quando andava pela calçada da Rambla: a beleza, talvez, é a harmonia dos ossos em movimento. E você a tinha, apesar de que às vezes caminha com passo vacilante, como se mancasse levemente. Não usava maquiagem; mas no segundo dia delineou os olhos com lápis preto. Deu-me de presente uma pedra vermelha para eliminar as más vibrações do estúdio de rádio e uma pequena imagem de Buda para a mesa do meu escritório, e enquanto me dava os presentes disse que não tinham nenhuma importância, que era uma maneira de fazer circular energia: o dinheiro é a representação visível da energia que faz circular, e se eu der ou alguém me der um presente evita que esta energia cósmica fique estancada. Também, agora recordo, me deu de presente umas varas de incenso — de perfume magnetizante — que haviam pertencido ao seu mestre. Pareço um detetive em busca de detalhes reveladores. Talvez o abraço que nos dávamos quando nos encontrávamos e nos despedíamos, um abraço longo, no qual durante alguns segundos você deixava descansar sua cabeça no meu ombro, como se fôssemos amigos de toda a vida que por fim se reencontravam, o que, naquele momento, pensei que devia fazer com todos com quem tinha um mínimo de confiança, uma maneira de expressar afeto, talvez o abraço tivesse algum significado que eu desconhecia, e desconheço. Talvez sua maneira de cravar o olhar em mim quando estávamos juntos, como se meditasse com a atenção fixa e concentrada nos meus olhos, ou nas minhas mãos, mãos que agora sei que você gosta, talvez tivesse um significado que eu desconhecia, e desconheço. Pode ser que estivesse cego, que não tenha percebido nada. Pode ser que eu seja um incapaz na hora de captar os sentimentos alheios. Ou talvez ande pelo mundo com minha antena desligada. Talvez, indo mais longe no tempo, o convite para participar do curso de meditação, e o posterior convite para fazê-lo a sós, você e eu sozinhos, diante do mar, aproveitando que os outros alunos viviam em Formentera, tivesse um sentido que eu desconheço; mas não, não quero pensar isto; você é uma pessoa muito generosa: por que temos que pensar mal da generosidade? Por que temos que interpretar mal uma pessoa amável e generosa? Além disso, se fosse assim, seria totalmente legítimo. Que mal haveria em que eu lhe atraísse? Eu acharia gratificante. É gratificante atrair as pessoas, as mulheres. Mas, como diria Pema, uma no cravo outra na ferradura: se for assim, você precisa saber que os seus sentimentos não são correspondidos. Além disso, você não me suscita interesse sexual. Obviamente esse tampouco é o motivo pelo qual não estamos realizando a segunda parte do exercício. Se suscitasse, tampouco o faríamos. Falando desta forma — não me suscita interesse sexual — soa muito duro, muito petulante; desculpe, não sei dizer isso de outra maneira; não tem nada a ver com você, como sabe, você é uma mulher extremamente bonita (já lhe terão dito isto mil vezes). Mas há belezas que nos parecem frias, belezas com as quais não nos deitaríamos. Acho que é uma questão de pele, de química. Acho que por este motivo hoje não a contemplei embevecido, e o escrúpulo de pudor se prolongou durante tanto tempo, horas, quase. Sim, você tem um corpo opulento, perfeito, de carne aparentemente intacta, mas não me peça um exercício maquinal. Seu inconsciente perceberia. Sinto muito, insisto, sinto lhe dizer tudo isso (é o problema de pensar em voz alta). Sabe-se que há dois tipos de personalidade, as que vão pela vida como vítimas e as que vão como culpadas, e neste momento eu me sinto culpado: estou prestes a ir embora sem ter feito o exercício de fechamento da noite, e acabo de lhe dizer coisas das quais poderia ter evitado, tendo em conta que continuo duvidando de que realmente pode me ouvir. De todo modo, o motivo pelo qual penso em não fazer o ato de fechamento da noite é o seguinte: por respeito à sua pessoa. Ao seu corpo.

[Quarta-feira, 24] *A energia das últimas semanas é brutal. Como não sei como canalizá-la, hoje pedi para usar pela primeira vez o kyôsaku, o chamado bastão da sabedoria. Quem dera tivesse doído ainda mais. Preciso me castigar. O jikidô, o monge responsável pela meditação, passeia com o kyôsaku, um bastão de madeira longo e fino, por toda a sala, de fila em fila, de um em um, e bate no monge que pede. Depois de um ligeiro movimento das mãos, o monge se aproxima de você, toca levemente suas costas avisando o que virá e desfere o golpe. Um golpe duro e seco em um ponto situado entre os ombros e o pescoço, conectado com importantes centros nervosos. O ruído que faz é impressionante. Um golpe certeiro e limpo, no ponto exato. Como nas artes marciais; depois do golpe, as duas pessoas, golpeador e golpeado, se cumprimentam. Não é um castigo: golpeada agradece ao golpeador, porque assim fará melhor o zazen. Pois finalmente pedi, uma e outra vez. Necessito das pancadas; a situação das últimas semanas é insuportável. Impossível acalmar a mente. E isso me tira do sério porque tinha feito grandes avanços. Antes, quando não me atrevia a pedir o kyôsaku, durante a meditação me beliscava para me concentrar e não pensar no homem que ocupa minha mente e a faz saltar e dar voltas. Cheguei a me machucar, a arrancar sangue. Alguns dias pratiquei o zazen com uma pedra afiada do jardim escondida entre a manga e o antebraço, e ia cravando a pedra quando a mente começava a divagar. Tudo porque ultimamente me deixo levar pela cadeia de pensamentos, fortaleço-a, até que me afoga. Agora que tinha conseguido progressos importantes, volto a girar como um pião. Sou toda contradição o tempo todo. Passo da euforia ao sofrimento em poucos instantes: talvez porque sejam exatamente a mesma energia. Então o koan se transforma em uma obsessão ou deixa de ter sentido, ou as duas coisas ao mesmo tempo.*

Sei que a razão de tudo está dentro de mim, mas o fato de ter quebrado a rotina tampouco me ajuda. Primeiro, há um mês, tudo mudou. Foi estranho, de fato os outros monges também estavam estranhando, mas os doku-san, os encontros com o mestre, que antes eram só durante a manhã, multiplicaram-se, e chegamos a nos encontrar até três vezes ao dia. Definitivamente, encontrar-nos com ele três vezes ao dia me afasta da serenidade e do koan. Muitas vezes, diante dele, me custa falar: como no primeiro dia. Pelo menos já não derramo o chá. E quando falo sempre tenho a sensação de que poderia tê-lo feito melhor. Não é só autoexigência: quero agradá-lo. Quando hesito, ele me olha com ternura e diz alguma coisa. Sem pensar. Solta qualquer bobagem sobre o tempo, ou as flores, ou a vida. Pratica, é óbvio, o mushin. O não pensamento. Suas palavras não passam pelo filtro do pensamento; não fala depois que o cérebro tenha dado a ordem. O conhecimento intelectual é outra coisa; e só o usa de vez em quando. Eu tinha começado a conseguir equanimidade, mas cheguei à conclusão de que a equanimidade é impossível se a gente se apaixona. O amor é obsessão. Não há outra definição.

[Terça-feira, 7] *De novo, tudo mudou. Estávamos vendo o mestre até três vezes por dia, e agora não o vemos mais. Desapareceu, não está em nenhum lugar. Só entendo isso como mais uma aprendizagem, como se o mestre queira nos ensinar a andar sozinhos, sem ir de mãos dadas com ele (falo no plural — por vergonha —, mas na verdade acho que é um ensinamento dedicado só a mim. Não estranharia que o mestre tivesse notado alguma coisa). Certamente está trancado em casa, meditando o dia inteiro, em um retiro que consiste em meditar e deixar de comer e de dormir. Antes, o mestre saía de sua casa e inclusive compartilhava as refeições conosco. Recitava os versos do Buda enquanto comíamos em silêncio. Depois, eu me trancava no quarto e relia as mesmas passagens, ainda sentindo o tom da voz dele. Mas agora já faz quase duas semanas que não come conosco, não passeia pelos jardins, não medita perto do lago. O lago órfão; o bambu que o rodeia — símbolo de longevidade, sabedoria e flexibilidade — adotou uma cor amarronzada, como de cortiça. "Quando meditar sozinha em um dia de chuva e ficar com sono, vá ao lago", disse-me certa vez. "O som da chuva tamborilando no bambu a manterá acordada." Tínhamos muito que aprender com o bambu: um tubo vazio, o símbolo perfeito do coração vazio. Dentro do lago, as flores de lótus são o símbolo da fugacidade, não duram mais de quatro dias. Abrem suas pétalas quando amanhece e fecham-nas com o pôr do sol. Mas, desde que o mestre não as visita, fecham as pétalas ao meio-dia. Acostumei-me a meditar no lago. Certa noite Kazuo-san me viu. Soube que era eu pelo cabelo, sem dúvida. Meu cabelo é um pouco mais comprido do que o dos outros monges. Eles raspam a cabeça a cada cinco dias, enquanto eu tenho permissão para fazê-lo a cada duas ou três semanas. No dia seguinte, Kazuo-san me perguntou sobre minha escapada noturna ao lago, mas enrolei e não respondi. Não tinha ânimo para responder a todas as perguntas que me fazia.*

[Sexta-feira, 10] *Teria que lhe contar, por exemplo, os detalhes do episódio do banho. Embora certamente já tenha ficado sabendo e não me disse nada. O banho é um momento muito prazeroso. Os monges têm uma banheira grande em que cabem várias pessoas. O costume do mosteiro, como se fazia antigamente em muitas casas japonesas, é que os diferentes membros da sangha, a comunidade, ou a família, tomem banho na mesma água. Isto é possível porque antes de entrar na banheira cada um se senta em um tamborete baixo, fora, é óbvio, da banheira, e se limpa bem com água e sabão. Só quando está totalmente limpo, entra na banheira com a água muito quente. Depois de um tempo, chega outro monge, se lava e entra na banheira. Deste modo, durante um tempo as energias limpas de dois monges fluem no mesmo líquido. Não é a mesma coisa entrar na água primeiro do que por último, é claro: aqui a ordem hierárquica está muita marcada: primeiro se banha o mestre, depois os monges principais, o cozinheiro, o mestre das pedras, que se ocupa do jardim, e assim até chegar à última pessoa que, obviamente, sou eu. Além disso, como sou a única mulher, deixam que me banhe sozinha. Mas dessa vez o mestre quis ser o último, depois de mim. Kazuo-san, surpreso, me disse que era uma novidade sem precedentes. Perguntei-lhe — meus olhos brilhavam — por que, e meu amigo me lembrou de que era decisão dele, que as decisões do mestre não deviam ser questionadas. Voltei a perguntar: por quê? Não me respondeu. Então dei meia-volta, envergonhava-me insistir, e voltei para a fila. No início avançava muito lentamente, porque os primeiros monges têm direito a ficar mais tempo dentro da água. Além disso, o ritual de limpeza no tamborete é muito lento. A madeira do chão, a água, o sabão e a esponja são objetos de meditação. O banho é um momento valioso para os monges, de purificação e renascimento. Quando chegou a minha vez, fiz o de sempre: entrei na sala, já vazia, despi-me, me lavei sentada no tamborete e entrei na banheira, com a água até o pescoço. Pela primeira vez não pensei na energia contida dentro daquele líquido pelo qual passaram uns trinta monges antes de mim, porque pela primeira vez a água não continha a energia do mestre, suas células. Ele deveria banhar-se depois de mim. Quando já estava há alguns minutos na água, alguém entrou na sala, com uma faísca de pudor nos olhos, um monge jovem que só conheço de vista. Informou-me, com o olhar baixo, que o mestre se banharia comigo. Não me lembro do que lhe disse; algo ininteligível que soou, acho, a um sim. No entanto, imediatamente me desdisse, saí da banheira, me enrolei em uma toalha, e fui correndo para o quarto, deixando um rastro de gotas de água.*

Deveria ter contado tudo isso a Kazuo-san, mas quando — como resultado das escapadas ao lago — ele me perguntou como eu estava, o que sentia, não me vi com forças. Hoje, finalmente, tinha decidido me justificar com ele, hoje que estreava no takuhatsu. Mas uma cena que vi e que não sei como classificar frustrou a tentativa. Quando penso que o takuhatsu — ir pedir esmolas — é das poucas maneiras de financiar, quase a única, este mosteiro, me indigno. Embora para eles seja uma fonte de aprendizagem: quem dá esmola se desprende das coisas materiais, e quem a recebe aprende a ter a humildade do mendigo. De vez em quando, cada monge desce, com a tigela na mão, a estrada inclinada que nos separa do povoado e passa algumas horas vagando pelas ruas, recitando sutras, com um chapéu que o impede de ver o rosto de quem doa. Enquanto isto, as pessoas vão deixando dinheiro ou alguma coisa de valor nas tigelas. Hoje, na minha estreia, enquanto pedíamos caridade, um ocidental que estava viajando sozinho pela região se aproximou. Queria me fazer algumas perguntas para um livro que disse que estava escrevendo sobre o Japão. Era a primeira vez em muitos meses que me relacionava com alguém que não fosse monge. Comprovei que muitas coisas mudaram dentro de mim, embora não me encontre em uma época de excessiva equanimidade. É como se a época de serenidade tivesse passado: até recentemente achava que já a tinha conseguido, que meu temperamento se apaziguara e que meu ego era como um burro de carga: eu o usava, e não ele a mim. Achava que, se saísse daqui e prosseguisse com o trabalho diário, poderia manter a equanimidade. Imaginava-me longe daqui, em uma ilha remota à qual sempre tive vontade de ir, porque li o nome anos atrás em um conto de Murakami — só se pode chegar de barco; está perto de Barcelona —, e me imaginava levando uma vida monacal. Imaginava-me observando os movimentos físicos e mentais, meus e do mar, e rodeada de latinos que gesticulam e falam e se aproximam e se tocam sem parar. Estava, de fato, a ponto de abandonar o mosteiro quando me dei conta de que não podia ir por causa da maldita obsessão. Mas isso faz já tempo. Nesta manhã, diante daquele ocidental, tive a oportunidade de comprovar que muitas coisas mudaram porque, embora o tenha visto a anos-luz de mim, não me senti orgulhosa dessa diferença, nem superior. Tirei o chapéu e olhei para ele como o que é: um ser igual a mim. Reconheci os traços de alguns homens com quem tinha me deitado antes de vir para cá. As mãos, por exemplo. Umas mãos bonitas, mas medíocres comparadas com as do mestre. Queria a todo custo ir ao mosteiro, entrevistar o mestre, quando todo mundo sabe que isto é impossível em qualquer mosteiro da região; que escritor ou jornalista mais mal informado. Respondi-lhe que não, que não podia ser. Ele insistiu muito, com uma falta de tato considerável; mas eu, com amabilidade, continuei dizendo que não. Os manuais de autoajuda, que já ficaram muito longe, chamam isto de técnica do disco riscado: você vai dizendo que não até que o outro se canse. E, apesar do homem ter me insultado, dizendo que sou uma pobre mística sem senso de dignidade, porque vou pedindo caridade pelas ruas, consegui não me irritar; e me senti orgulhosa. E ao mesmo tempo não me senti superior a ele. E ao mesmo tempo pensei, para variar, no mestre; em que existem pessoas que terão vivido situando-se muito acima da escala moral de outros, e outras que ficarão presas nos mecanismos de sempre, uma vida atrás da outra. Quando se aproximava a hora de voltar para o mosteiro, quis falar com Kazuo-san; queria aproveitar o momento de distensão da mendicidade para me justificar com ele, para ouvir seus conselhos. Procurei-o, percorri os becos do povoado, um a um, parando para falar com as pessoas, até que o vi subindo a estrada que leva ao mosteiro. Ia ao lado de um homem que levava uma maleta na mão e falava com ele com o semblante sério e grave. Segui-os de longe por todo o caminho. Quando chegaram ao mosteiro, entraram diretamente na casa do mestre, e durante todo o dia não saíram dali.

[Sábado, 12] O limite entre o bosque e a parte domesticada do mosteiro é um limite artificial. Um limite feito para o homem. Na vida nada termina ou começa de maneira tão abrupta, não é mesmo? Diga-me, mestre, que é preciso uma transição. Como é preciso a transição da gravidez antes de nascer. Na morte deveria ser assim também. Nada serviu para nada, intensifiquei as escapadas noturnas ao lago, as meditações clandestinas, abandonei o koan, dediquei toda a energia que tenho a meditar por você. Tarde demais. Não serviu para nada. Agora sei que não se tratava de uma aprendizagem nova, que não tem nada a ver com o desapego. O koan é agora algo menor, uma brincadeira de mau gosto. "O que se vê quando as luzes se acendem?" Ontem, quando as luzes se acenderam, vi você. Deitado no chão. Todos entravam no dojo, a sala de meditação, em uma hora estranha, eu de novo

excluída. Como não me dei conta? Por que não tinham me avisado? Aproximei-me do dojo e vi os zafu, as almofadas para meditar, distribuídos de uma forma estranha, em círculos. No centro, um tapete de palha, umas velas e uma vara de incenso meio queimada. Os monges foram se sentando nos zafus e me impediam de ver quem estava deitado no tapete, imóvel: de repente senti uma urgência desconhecida, mas não precisei ver. Soube no instante em que me chegou o aroma do incenso, único. Saí correndo para o bosque. Corri e corri. Na vida nada termina ou começa de maneira tão abrupta, não é mesmo? Corri mais ainda, entrando no bosque, fora dos limites do mosteiro, e ainda mais, descalça, e machuquei as pernas — o matagal, os arranhões — e os pés. Fiquei encolhida junto a um tronco seco. Esperava que viessem os animais selvagens da área, atraídos pelo sangue dos pés. Até que, sem transição, se fez dia. Diga que é preciso uma transição. Venha me buscar, levante e venha me buscar.

O resto do diário, do qual devo ter lido aproximadamente um quarto do total, passei-o mais rápido, querida Umiko, porque meu tempo está terminando, amanhece, e porque tampouco quis me distrair na leitura dos trechos posteriores à morte do seu mestre. São trechos soltos, e dá a impressão de que você não quis ou não pôde escrever muito mais. Ou talvez tenha esboçado a tradução, pensando que mais adiante a terminaria. Ou talvez o horror e o nojo — como o que viveu a partir da morte do seu mestre — só possam ser expressados de forma breve. Um estudo da universidade holandesa de Groningen demonstrou que há uma região do cérebro que se ativa tanto se experimentarmos repulsa por algo que comemos ou vemos, como quando lemos uma descrição (pode imaginar o que senti depois de ler a última parte do diário, e que por enquanto não me atrevo a comentar). A Universidade de Groningen pôs à prova 12 voluntários em diferentes situações. Enquanto registravam a atividade de seus cérebros durante uma ressonância magnética — não acredito que os tenham introduzido no tubo — beberam um líquido asqueroso, muito amargo. Depois os fizeram ler breves passagens que descreviam situações muito desagradáveis. Pois bem, os pesquisadores comprovaram que nas duas situações se ativava a mesma região do cérebro em todos os participantes, o lobo frontal, considerado o centro nevrálgico das emoções desagradáveis: sentiam exatamente a mesma coisa. Há doentes com danos nesta área que não têm capacidade para sentir nojo e podem beber tranquilamente leite azedo, ou comer ovos podres. O caso, Umiko, é que ao chegar às últimas páginas do diário — que agora comentarei — tive que ir ao banheiro lavar o rosto. A toalha não estava mais molhada, diferentemente de quando cheguei, ao começar a noite, e as velas que rodeavam a banheira haviam esfriado. Continuo achando que conferem ao banheiro uma atmosfera monástica, apesar do cheiro de limão e do verde da cera. Acendi uma, enquanto pensava no que acabara de ler, e em você. Senti empatia por você, pelo que experimentou depois da morte do mestre, e compreendi por que chegou à ilha em pleno luto. Ou talvez nem sequer tenha chegado em pleno luto, talvez tenha chegado com as sequelas do choque, do fortíssimo golpe emocional, e começou a sofrer o luto mais tarde. Para ser sincero, não me estranha que adoecesse. Antes, as pessoas adoeciam de pesar, assim se dizia — adoeceu de pesar, ou morreu de pesar — e não era preciso encontrar nenhuma outra explicação médica. Acho que sua amiga tem razão quando diz que você adoeceu de pesar; o câncer provocado por um trauma pode se manifestar anos depois. A seguir tentarei expor os fatos do diário tal como os entendo. Não é fácil entendê-los, não por sua letra pequena e aracnídea, mas sim porque são anotações curtas. Deixe-me colocá-las em ordem, para ver se as entendi bem (volto a pensar em voz alta). Para começar, há o seu amor. Como sempre, o amor é obsessão e insensatez, sobretudo no período inicial, e mais ainda quando não sabemos se somos correspondidos. No mosteiro você vive pela primeira vez a euforia angustiante do amor, com o agravante de que aquilo não leva a nenhum lugar: ele é seu mestre. Apaixona-se, pois, por um impossível. Tempos atrás, anos atrás, seus amantes tinham disponibilidade máxima. Durante algumas semanas ou meses, depois de importantes avanços na meditação, sua determinação furiosa desaba, seus pensamentos não param de se encadear voltando uma vez ou outra ao objeto do seu amor, até que este, o mestre, morre. Em alguma página você se pergunta a mesma coisa que me perguntei no início da noite: como pode ser que uma mente tão bem treinada tenha podido adoecer. Não obstante, a seguir você especifica que há grandes mestres espirituais que morreram de câncer em uma idade relativamente jovem, como o seu, e atribui isto ao carma. A seguir o diário fica obscuro, e mais seco. Não quer se distrair na infelicidade, e compensa a dor com a frieza cirúrgica de sua prosa. Dedica as horas e os dias posteriores ao falecimento do seu mestre, como não podia deixar de ser, à meditação sobre a morte. Paradoxalmente, aqueles dias de meditação transcorrem com uma fluidez serena. Já não lhe dói a posição de lótus, nem tem que cravar uma pedra para se concentrar. Quando se distrai por alguma coisa, normalmente pelo cansaço, fecha os olhos um instante e volta a abri-los, e mais de uma vez você os abre muito, olha para o céu, e entra em uma espécie de êxtase. A única leitura que tem é o fascículo do *Genjo-koan*, de *Shôbôgenzô*, do qual anota alguma coisa: a lenha se transforma em cinza, a cinza não pode se transformar em lenha, e a lenha não pode ver suas próprias cinzas. É a mesma relação, você escreve, que há entre a vida e a morte. "O *zazen* que ponho em prática nestes dias equivale a entrar no próprio caixão. Viver o nirvana deve ser a mesma coisa que a morte. O nirvana é terminar completamente com tudo, é *ku*. No budismo *Hinayâna* chegam ao nirvana deixando de comer, de respirar etc., e assim desaparecem as ilusões, aproximando-se da morte." De algum modo você o pratica, Umiko, porque durante quase duas semanas come pouco: alguma sopa e algum suco dos que servem no mosteiro. Quando sente fome, enche o estômago bebendo chá. Apesar da restrição calórica escreve que se sente com mais energia, mas ao longo dos dias conclui que provavelmente está calma porque está ficando debilitada. Até que Kazuo-san, ao vê-la tão mal, convence-a a esquecer o jejum: parafraseando Dôgen, explica que estar com o estômago vazio não é a condição normal da pessoa, já que o corpo e a consciência se debilitam (o cérebro se esgota, e a mente pode chegar à alucinação). A partir de então come um pouco mais, mas nunca voltará a ter, que eu saiba, a fome de antes; seu estômago ficará pequeno para sempre. Enquanto isso, o ambiente no mosteiro é de luto, mas um luto contido: há menos risos que antes. Recupera-se o ritmo do dia a dia, os jardins e o lago voltam a estar bem cuidados, mas já não se formam filas em frente à casa do mestre — só daqui a um ano irão nomear um novo — e cada um faz o que pode com os *koans*, tentando resolvê-los sem a ajuda de ninguém. Continuam as meditações coletivas, em memória do mestre. De todos os rituais que fazia, Umiko, o único do qual entendi alguma coisa é o do *Phowa:* invocava com o coração a presença de um Buda, observava esta presença como se fosse uma luz radiante e se dava conta de que suas qualidades de sabedoria, compaixão e poder ilimitado eram as mesmas que seu mestre tinha. Sentia literalmente, enquanto meditava, que a presença do Buda invocado estava viva: a presença situando-se na cabeça do seu mestre, enchendo-a de luz. Finalmente, sentia a consciência do mestre tomar a forma de uma esfera de luz e a visualizava saindo do seu corpo e se dissolvendo no coração do Buda. Terminava esta meditação pedindo que seu mestre tivesse encontrado a luz e o espaço da verdadeira natureza da sua mente para poder beneficiar a todos os seres.

Em seguida vem a parte do cemitério que me obrigou a me recolher em seu escritório e finalmente ir ao banheiro lavar o rosto. Espero que não ache ruim que tenha passado alguns minutos no escritório, procurando informação na internet: não entendia o jargão que você usa para se referir aos rituais do cemitério. Vi no escritório, aliás, que de fato a metade dos seus livros são de autoajuda e a outra metade, clássicos, alta literatura, uma mistura muito curiosa, afastada dos cânones, com livros de Bellow, Nabokov e Márai ao lado de Wayne Dyer, Louise Hay e Paulo Coelho, todos com a data em que os comprou ou que as editoras os enviaram, com anotações em japonês e inglês, sempre com sua letra aracnídea. Sim, é verdade que já estive no seu escritório, há seis meses, naquela tarde em que você me mostrou o documentário da lei da atração — talvez agora, quem sabe, eu gostasse dele —, mas àquela altura me pareceu que só tinha clichês de autoajuda (vi apenas meus preconceitos e nada mais). Não descarto, Umiko, seguir seus passos no futuro: pegar o melhor de cada tradição e transmitir isto aos ouvintes do meu programa. Agora você deve estar rindo de mim; que mudança, deve pensar, com toda a razão. Convenceram-me suas maneiras elípticas, ou na verdade me convenci eu mesmo nesta noite de monólogo e de associações de ideias agrupadas e reagrupadas, como aderências súbitas. Mas estou me desviando: como lhe dizia, fui ao escritório porque no início não entendia para que iam ao cemitério, situado a uns 700 metros do mosteiro. Estava no jardim, sentado na cadeira de madeira, sob as palmeiras, lendo no frescor perfumado de jasmim e salobre, e quando cheguei a este ponto do diário me dei conta de que não podia continuar se não entendesse no que consistia o ritual que menciona, de maneira que subi para consultar no seu computador. Mas ficou tarde porque custei, como sempre na internet, a encontrar a verdade. Quando encontrei o que procurava em uma página de rituais que se praticam no Tibet, não consegui acreditar. Pois sim, pensei, a tradição civilizada do zen tem práticas mórbidas e desagradáveis (como a imaginada por Pema; não, estou enganado, a do cemitério do mosteiro é mais desagradável, sem dúvida).

Você poderá argumentar, Umiko, que era necessário entregar a essência física do mestre. Ou poderá argumentar que Kazuo-san queria que você meditasse sobre a transitoriedade das coisas, também das pessoas, dos corpos, do corpo de um mestre com um elevado nível de consciência, mas me custa entender. Você praticou o ritual durante os meses posteriores à morte do mestre, mas no diário não está claro quantos meses foram. Vocês não o definem como um ritual; chamam-no "a meditação da transitoriedade de todas as coisas". No primeiro dia chegam ao cemitério você e Kazuo-san, e ele a acompanha até o canto mais sombrio, lá onde as lápides parecem mais velhas, como se fizesse anos que não enterram ninguém, com gramas altas e moitas que Kazuo-san vai arrancando com as mãos para limpar o caminho para você: "terá que fazê-lo sozinha muitos dias". Ao final, no canto, você avista uma mesa de madeira, maltratada, com algo em cima que, de longe, parece um boneco, mas que na verdade é o cadáver do seu mestre. Há partes literalmente cobertas pelas moscas, a pele endurecida começa a apodrecer, as órbitas oculares bicadas pelos abutres. O estado dos olhos é o que mais lhe dá nojo, também as cores: a pigmentação da pele começa a adquirir uma cor amarelo-mostarda, e nas mãos há grandes manchas roxas, supurando uma gordura parecida com a da cera. Você não tem tempo de observar mais nada, porque fica com enjoo e vai correndo vomitar. Quando volta, depois de um tempo, Kazuo-san, que ficou praticando meditação diante do corpo duro, abraça-a e chora em seu colo. É a primeira e a última vez que chora pela morte do seu mestre. Quando Kazuo-san a abraça, conclui que a levou até ali porque sabia de tudo; desde o primeiro momento soube dos seus sentimentos para com o mestre. Na verdade, ele a acompanhou no último dia em que o viu com vida. Ainda faltavam dois ou três dias para a cena dos monges entrando na sala. O mestre não podia se valer por si, mandou chamá-lo, Kazuo-san veio lhe buscar, e uma vez diante dele, com a voz frágil, o mestre lhe disse que em alguns meses estaria prestes a dar à luz ao que chamam *bodbi* (nesta passagem, Umiko, não entendi a letra, e não sei a que você se refere como *bodbi*). Ele queria lhe fazer a transmissão ou *inka* naquele momento. Como se tivesse resolvido o *koan*. Não o tinha solucionado ainda, mas não restava tempo, embora não tenha lhe dito isso. No diário você explica que transmissão não significa que o mestre transmita seu conhecimento, algo impossível, mas nos ajuda a terminar de nos desfazer do que sobra. Também explica que aquela não foi uma transmissão usual, não apenas pelo estado de saúde do mestre — um câncer de pâncreas fulminante, escreve em outro momento —, mas também porque não houve ritual de preparação. O mestre não lhe disse nada. Ficou calado. Olhava-a com seus olhos doces e líquidos de azeite, sentado no chão, ao lado da figura de um Buda. Envolvia-os uma estranha lassidão. Kazuo-san os deixou sozinhos. Durante alguns minutos, não fizeram nada além de se olhar nos olhos. A transmissão consistiu na abertura das duas mentes. "Um vazio completo. A união entre as duas mentes. Duas mentes que se transformam em uma só."

No cemitério, enquanto a abraça, Kazuo-san explica que a grande lição da vida é a transitoriedade, e agora você tem uma oportunidade única para trabalhar esta lição: "O mestre já não está dentro deste corpo. Com certeza já encontrou outro." Durante não sei exatamente quantas semanas ou meses, todo dia, sob a luz limpa e clara (a mesma que começa a aparecer agora na ilha), você vai ao cemitério para praticar a meditação da transitoriedade. Pratica-a de pé, diante do cadáver, e nem o fedor de decomposição, nem os insetos que rodeiam o corpo, ou que o penetram e se alimentam dele (vermes, sobretudo, que você vê com clareza pétrea) a distraem da meditação. No diário faz alguma referência à carne machucada, aos ossos estilhaçados, aos membros retorcidos, às orelhas, que foram a primeira coisa a se desprender do corpo, mas não faz uma descrição exaustiva do cadáver, apesar de passar horas observando-o. Mas descreve suas sensações, que vão dos calafrios ao delírio. Procura, na medida do possível, não se identificar com elas: não é que esteja triste, repete para si uma vez ou outra, mas por minha cabeça passou um pensamento de tristeza. Você vai ver o mestre descalça, e a pele dos seus pés e sua vestimenta, em farrapos, participam daquele ambiente de desolação corrosiva. No diário há muitas referências aos textos clássicos. Trata-se, pelo que entendi, de "despertar a verdade da impermanência: ao ver a decomposição do cadáver, o ignorante acorda para a verdade da impermanência de todas as coisas e seres". Você também se refere à natureza impura de tudo, que se torna evidente no corpo que deixou de ser um corpo para se transformar em podridão, em vermes dançando uma dança macabra. "Mas não é preciso esquecer", dizem seus próprios textos, "que este corpo antes era também impuro: ao lado de um rosto sadio e talvez bonito havia pus e sangue e gordura, e suor e urina e excrementos. Uma vez morto, o corpo fica mais repugnante do que o de um cão." A maioria das citações é do chamado *El gran cese*, de um monge chamado Yanizaki, que especifica que as meditações diante de um cadáver humano têm que seguir a gradação dos cinco estágios da mudança: o primeiro estágio se dá na fase de putrefação, o segundo é o da fase sanguinolenta, o seguinte é o de supuração, o quarto é a fase de descoloração, e por último a de omofagia. Imagino você, Umiko, indo meditar todo dia diante do cadáver de seu mestre, aceitando a situação muito lentamente, com a mente como espelho do seu pesadelo de cansaço, de espanto, de ignomínia, até que um dia decide que já superou a meditação da contemplação da impureza. Ou não, não diz assim: escreve que já a tem integrada. Já não tem sentido se deslocar fisicamente todo dia para ficar diante do cadáver, observar o rosto totalmente apagado, alguns pedaços saqueados pelos animais. Não tem sentido se deslocar fisicamente para onde está o cadáver porque o tem "tão interiorizado" que pode praticar a meditação por sua conta. De fato, os textos sagrados recomendam continuar meditando todo dia, evocando na memória os traços do cadáver como se estivesse na nossa frente. O cérebro não distingue entre aquilo que imaginamos e aquilo que temos em nossa frente e que os sentidos captam perfeitamente. Depois de pouco tempo abandonou o mosteiro e veio para a ilha. Pergunto-me, Umiko, se você continuou praticando esta meditação. Pergunto-me se a está praticando estes dias.

Tenho que ir. Nas cortinas se reflete, com a primeira luz do dia, a claridade da água da praia. A superfície do mar tem a característica algodoada que deixa o vento do sul. Pergunto-me o que se vê quando as luzes se acendem: imagino que aparecerá o que sempre esteve ali e nós não víamos por causa da escuridão dos preconceitos e das ideias, da mesma forma que a escuridão me impediu de ver até este momento os brancos das casas espalhadas sobre o verde, brancos que enobrecem a paisagem da sua ilha seca e rochosa. Sobre o branco, o desenho das janelas azuis adota uma perfeição voluptuosa, parecida com a do seu leve sorriso (deve estar vivendo um sonho agradável). O sorriso afina seu rosto ovalado, um rosto que durante toda a noite e madrugada manteve uma expressão de ausência, como se ouvisse uma melodia longínqua. Agora continuo falando ao seu ouvido, mas você já deve ter notado que não estou perpendicular a você, em cima da almofada. Quando voltei do escritório deixei o diário em cima do criado-mudo, tirei a roupa, finalmente, e decidi me deitar ao seu lado. Visto à luz do dia seu corpo não é tão branco como eu pensava. Agora o perfume de sabonete Nenuco que exala é mais tênue, se mistura com o cheiro corporal, um cheiro delicioso. Realmente minha posição de antes, em cima do travesseiro, era ridícula. Também é risível que durante parte da noite eu tenha falado com você de tão longe. Bem, bebi até a última gota do chá verde que você tinha preparado para mim; recolherei o bule e a xícara e os deixarei na cozinha, antes de pegar emprestados alguns livros que me chamaram a atenção no seu escritório, livros sobre visualizações durante a doença que eu gostaria que meus ouvintes conhecessem. Então, dentro de alguns minutos me vestirei, irei de novo lavar o rosto, sairei de sua casa, passearei um pouco, e, se tiver vontade, o que duvido, porque ainda tenho o estômago revirado pela história do seu mestre, passarei pela padaria Manolo para comprar um croissant antes de ir para o porto de Savina pegar o barco para Ibiza e depois o avião para Barcelona, sonolento mas tentando estar consciente de cada passo, de cada minuto, de cada segundo. Dentro de duas ou três horas, quando o efeito do sonífero estiver acabando, Pema virá e esperará até que desperte. Depois, imagino, preparará um bom café da manhã à base de frutas e cereais integrais, e vocês vão caminhar praticando a atenção plena. A coitada não deve ter pregado o olho a noite inteira, refletindo, abatendo-se à medida que passavam as horas e se encadeavam pensamentos compungidos. À tarde, quando terminou de me contar o exercício "simbólico" que deveria concluir à noite — o exercício que não realizei —, murmurou:

— Como deve imaginar, não é nada fácil para mim lhe pedir isto. E menos ainda imaginá-lo. Eu tampouco pregarei o olho durante a noite inteira. Tudo por culpa da maldita imaginação.

Mas não fiz o exercício. Talvez quem devesse fazê-lo — com algumas variações, é óbvio — fosse Pema. Afinal, vocês sim estão unidas pela energia do amor, embora adote forma de amizade. Não descarto ligar para ela mais tarde, e propor que seja ela quem o faça, na variante feminina. Não obstante, assaltam-me as dúvidas: se não lhe disser nada, talvez ache que pensei melhor e que finalmente o coloquei em prática, e você também, e o fato de acreditar nisso pode intervir favoravelmente na cura — o efeito placebo, de novo.

Contudo, eu não gostaria de me despedir falando disso. Não sei quando voltaremos a nos ver, nem se voltaremos a nos ver; já terminei meu singular programa de rádio de uma noite para uma ouvinte, e não pretendo voltar à ilha a curto nem a médio prazo. Por isso valeria a pena que nos despedíssemos bem ou muito bem. Despedir-me de você, e de passagem, da salobra e do vento da ilha. Não posso ir, depois de tudo o que compartilhamos, não posso ir dizendo adeus e basta. Não posso me despedir com um beijo no rosto. Tampouco quero me despedir com um beijo nos lábios (aqui em Formentera está na moda). Antes tinha pensado em me despedir compartilhando uma meditação, mas descartei isso: focalizaria a atenção na pausa minúscula que deixa entre a inspiração e a expiração, e iria adaptando minha respiração e os batimentos do meu coração aos seus. Então começaria a fazer uma meditação guiada, apoiada em Thondup, utilizando a respiração como força benfeitora. A respiração serviria para difundir as ondas curativas: notaria como a luz e a energia curativas eram transportadas para as células do seu organismo toda vez que inspirasse e expirasse. Mas descartei, porque seria repetitivo (você já faz isso todo dia). Então tomei a decisão de terminar a noite em silêncio. Decidi lhe dar um abraço. Um abraço de corpo inteiro. Sei que não é preciso pedir permissão, que você a deu para um ato que ia muito mais além. Nesses últimos dias li algum trecho de não me lembro que livro cujo autor afirma que os abraços também podem ser terapêuticos. Se as mãos da reiki podem ser terapêuticas, por que o corpo inteiro não pode sê-lo? Uma mulher, Amma, anda distribuindo abraços a torto e a direito pelo mundo todo. Tal como estou agora o abraço é plausível, porque você está de costas para mim. Estou a poucos centímetros de você, noto o calor do seu corpo (Pema diria que percebo sua aura, os corpos sutis). No final das costas tem um pouco de pelo, quase invisível, que se estende até o início das nádegas, um pelo parecido com a penugem de alguns frutos, como o pêssego. Antes disse que era uma questão de pele, o fato de que não sentisse desejo sexual por você, mas não acertei bem a expressão — durante este tempo não acertei quase nenhuma expressão — já que na verdade você tem uma pele extraordinária: firme, quente, invasiva. Então a abraço como deve ser, o braço por debaixo de sua cabeça, todo meu corpo atrás de você e... um momento. Não, isso não devia acontecer. Desculpe, depois do episódio na praia diante daquela garota nua, não tinha prometido a você que isso não voltaria a acontecer?

NOTA FINAL

Umiko gerou uma remissão espontânea na primeira semana de julho de 2008 por meio da técnica de visualizações e acreditando que o "exercício final" foi realizado. Atualmente vive em Barcelona e é mestre de meditação e ioga.

AGRADECIMENTOS

O autor agradece as sugestões de todo tipo que lhe fizeram as seguintes pessoas: Berta, Sira Abenoza, Montse Barderi, Raquel Bouso, Leoncio Hernández, Albert Jornet, Eva Juan, Jordi Llavina, Concha Pinós, Sira Ponsa, Ricard Rotllan e Miquel Saumell.

Os únicos livros que não estão especificados no romance são *El espejo vacío,* de Janwillem Van de Wetering (Kairós), e *Crónica japonesa*, de Nicolas Bouvier (Brau).

O autor também quer expressar seu agradecimento ao escritor Francesc Miralles e à agente Sandra Bruna, aos editores Bernat Puigtobella, Ester Pujol e Fèlix Riera, e a Verónica Sánchez Orpella (sem ela os fatos do mosteiro zen nunca teriam se revelado).

Este livro foi composto na tipologia Caslon,
em corpo 12,5/16, e impresso em papel off-white 80g/m² no
Sistema Cameron da Divisão Gráfica da Distribuidora Record.